光文社文庫

文庫書下ろし／長編時代小説

従者
鬼役伝(四)

坂岡　真

KOBUNSHA

光　文　社

この作品は光文社文庫のために書下ろされました。

『従者　鬼役伝㈣』目次

尾張徳川家上屋敷
市谷
御納戸町
若宮八幡宮
神楽坂
赤城明神
早稲田村
江戸川
江戸川橋
石切橋
小日向馬場
切支丹坂
音羽
護国寺
大塚
巣鴨
至板橋宿
御薬園
中山道
日光御成街道
牛込御留守居町
牛込御門
番町
田安御門
清水御門
小石川御門
伝通院
小石川
白山
駒込
六義園
水戸徳川家上屋敷
春日町
水道橋
千駄木
神田川
本郷
加賀前田家上屋敷
下谷茅町（柳沢家中屋敷）
道灌山
日暮里
根津権現
駿河台
霊雲寺
神田明神
喜連川藩上屋敷
湯島天神
不忍池
秋元家下屋敷
忍ヶ岡
鍛冶町
昌平橋
昌平坂
明神下
池之端仲町
弁天
仁王門前町
東叡山寛永寺
根岸
谷中
筋違御門
内神田
和泉橋
外神田
下谷広小路
下谷練塀小路
御徒町
下谷金杉町
下谷山崎町
神田佐久間町
佐久間河岸
神田相生町
向柳原
三味線堀
広徳寺
幡随院
下谷竜泉寺町
浄閑寺
通油町
通塩町
豊島町
新シ橋
柳原土手
左衛門河岸
元鳥越町
甚内橋
猿屋町
茅町
浅草橋
新吉原
汐見橋
横山同朋町
両国広小路
米沢町
両国橋
薬研堀
柳橋
阿部川町
新堀川
御蔵前片町代地
東本願寺
日本堤
日光道中
小塚原
水戸家石揚場
横網町
大川
首尾の松
御米蔵
森田町
御蔵前
御蔵前通り
浅草寺
奥山
浅草
二ツ目之橋
回向院
惣録屋敷
弁天社
御竹蔵
御厩河岸之渡し
駒形町
浅草広小路
雷門
浅草観音
新鳥越橋
山谷町
山谷堀
揚場
三ツ目之橋
石原町
駒形堂
花川戸町
今戸橋
今戸町
白鬚之渡し
緑町
本所
竪川
南割下水
竹町之渡し
吾妻橋
源森橋
源森川
三囲稲荷
向島墨堤
長命寺
木母寺
小梅村
寺島村
三ツ目之橋
北割下水
北辻橋
大横川
法恩寺橋
新辻橋
業平橋
亀戸村
小梅村
四ツ目之橋
押上村
天神橋
十間川
柳島村
亀戸天神

天現寺
渋谷川
麻布新町
善福寺
四ノ橋
古川町
仙台坂
新網町
飯倉片町
六本木
氷川明神
市兵衛町
赤坂
竹腰山城守屋敷
紀伊徳川家屋敷
元赤坂町
平河町
喰違見附
四谷御門
赤坂御門
紀伊徳川家上屋敷
市谷御門
麹町
溜池
三ノ橋
二ノ橋
一ノ橋
中之橋
赤羽橋
芝車町
三田町
至品川宿
葵坂
虎之御門
千鳥ヶ淵
半蔵御門
西御丸
外桜田御門
雉子橋御門
新シ橋
内桜田御門
一橋御門
千代田城
増上寺
南町奉行所
和田倉御門
北町奉行所
幸橋
土橋
金杉橋
浜松町
神明町
宇田川町
芝
数寄屋橋御門
大名小路
神田橋御門
常盤橋御門
秋元家上屋敷
汐留橋
三十間堀
銀座町
竜閑橋
金杉川
濱御殿
木挽町
数寄屋町
一石橋
本町
今川橋
京橋
本材木町
本両替町
西本願寺
白魚橋
日本橋
魚河岸
大伝馬町
牢屋敷
楓川
江戸橋
荒布橋
小伝馬町
八丁堀
弾正橋
組屋敷
八丁堀
海賊橋
南茅場町
日本橋川
小網町
銀座
堀江町
中之橋
亀島川
霊岸橋
元大坂町
稲荷橋
一ノ橋
新川
箱崎橋
松島町
高橋
浜町
行徳河岸
高砂橋
久松町
鉄炮洲
二ノ橋
箱崎町
豊海橋
箱崎川
浜町堀
佃島
霊岸島
永久橋
石川島
永代橋
新大橋
御船蔵
佐賀町
今川町
上之橋
万年橋
江戸湊
大島町
黒江町
緑橋
油堀
万年町
材木町
海辺大工町
西光寺
六間堀
永代寺
富岡橋
仙台堀
海辺橋
高橋
弥勒寺橋
山城橋
越中島
蓬莱橋
富岡八幡宮
深川元町
弥勒寺
亀久橋
霊巌寺
小名木川
汐見橋
深川
洲崎
入船町
新高橋
西
北
東
扇橋
猿江橋
南辻橋
0
1km
猿江町
御材木蔵
大島橋
清水橋
金座

幕府の職制組織

- 将軍
  - 大老（臨時で置かれる）
  - 老中
  - 京都所司代
  - 側用人
  - 大坂城代
  - 寺社奉行
  - 奏者番
  - 若年寄
    - 書院番頭
    - 小姓組番頭
    - 林大学頭
    - 小普請奉行
    - 西丸留守居
    - 百人組頭
    - 新番頭
    - 持弓之頭
    - 持筒之頭
    - 先手弓之頭
    - 先手鉄炮之頭
    - 目付
    - 徒頭
    - 小納戸
    - 奥右筆組頭
    - 表右筆組頭
    - 膳奉行
    - 賄頭
    - 小石川御薬園預
    - 鳥見
    - 大坂定番

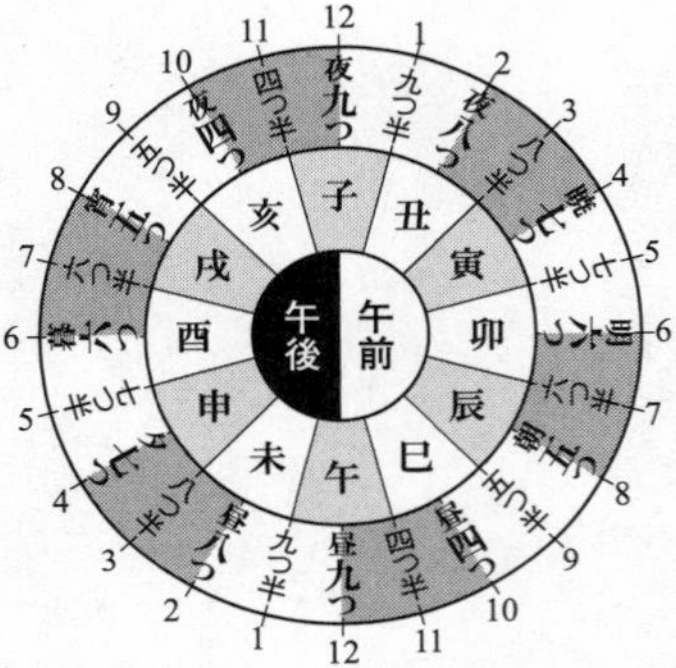

江戸の時刻（外の数字は現在の時刻）

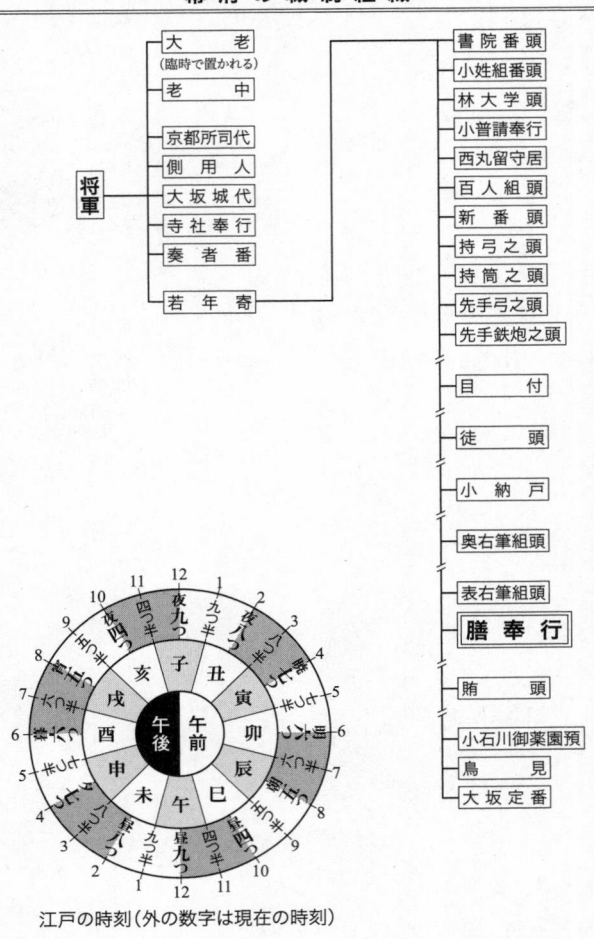

千代田城図

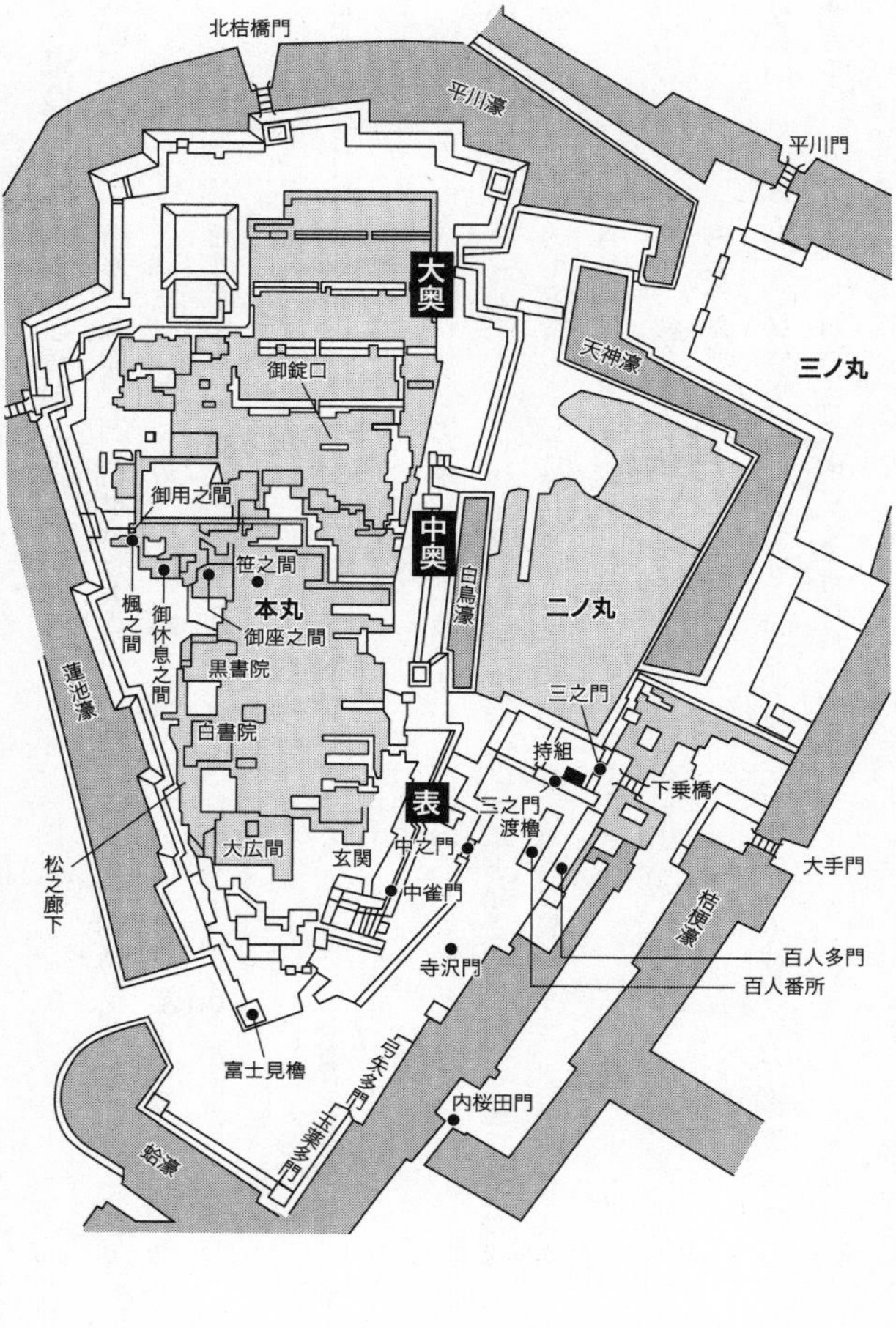
北桔橋門
平川濠
平川門
大奥
天神濠
三ノ丸
御錠口
御用之間
中奥
笹之間
本丸
白鳥濠
二ノ丸
楓之間
御休息之間
御座之間
黒書院
蓮池濠
白書院
三之門
持組
下乗橋
表
三之門
渡櫓
大広間
玄関
中之門
松之廊下
中雀門
大手門
桔梗濠
寺沢門
百人多門
百人番所
富士見櫓
弓矢多門
内桜田門
蛤濠
主聚多門

『従者　鬼役伝㈣』おもな登場人物

矢背求馬……膳奉行支配同心。前職は百人番所の番士だったが、剣術仕合で番士の中での頂点に立ったところで、御家人随一の遣い手というふれこみが老中秋元但馬守喬知の耳に届く。試練と御験し御用を経て、矢背家に養子として婿入りし、膳奉行に抜擢された。

矢背志乃……京の洛北にある八瀬の首長に連なる家の出身で、江戸へきて矢背家を起こして初代の当主となる。薙刀の達人。

月草（猿婆）……八瀬家に仕える女衆。体術に優れている。

土田伝右衛門……公人朝夕人。将軍の尿筒持ち。一方では、将軍を守る最後の砦となる武芸の達人でもある。室井作兵衛から密命を受けて、求馬に接触する。室町幕府時代から続く土田家の末裔で、代々、伝右衛門を名乗る。

秋元但馬守喬知……老中。密命を下し、奸臣を始末する裏御用の担い手を捜しており、求馬に白羽の矢を立てた。

室井作兵衛……秋元家留守居。秋元但馬守の命を受け、伝右衛門や志乃や求馬に密命を下す。

徳川綱吉……第五代将軍。「犬公方」と呼ばれている。

鬼役伝 四

従者

古着屋騒動

一

元禄《げんろく》十六（一七〇三）年、霜月《しもつき》十一日午前。

毒味をおこなう笹之間《ささのま》の空気は、ぴんと張りつめている。

矢背求馬《やせもとめ》は息を詰め、箸を動かしはじめた。

公方綱吉《くぼうつなよし》の二の膳には、月次《つきなみ》御礼登城や式日《しきじつ》に供される「尾頭付《おかしら》き」が載っている。今日は目の下三尺（約九一センチ）はあろうかという甘鯛《あまだい》の塩焼き、一並びの祝日にはふさわしかろうが、骨取りの難しさは並大抵のものではない。

何しろ、綱吉が口に入れる鯛である。小骨ひとつでも残っておれば、毒味役は即座に罷免《ひめん》される。知らずに食べた小骨が綱吉の喉に刺さろうものなら、切腹を覚悟しなければならない。もちろん、毒を喰《くら》うこともある。死と隣合わせの役目ゆえに、毒味役の御膳奉行は「鬼役」とも呼ばれているのだ。

しかも、ぐずぐずしてはいられず、定められた刻限内に骨取りを終えねばならない。小骨どころか、睫毛《まつげ》の一本も皿に落としてはならず、料理に息が掛かることも許されなかった。それゆえ、椀物を毒味するとき以外は左手に懐紙を持ち、鼻と口を隠しながらの所作となる。

そのための修練は積んできたし、厳しい試問も乗りこえてきた。それなりに自信もあったが、本番はまったくちがう。なかでも終盤に控える「尾頭付き」の骨取りは最大の難関、極度の緊張と焦りで全身の毛穴が開き、嫌な汗が吹きだしてきそうになった。

――平常心《びょうじょうしん》是《ぜ》道《どう》。

あるがままにと諭す禅の教えが脳裏に浮かんでくる。

剣の師でもある慈雲《じうん》禅師に教わった。禅心の深さは剣の奥義《おうぎ》に通じ、生死の狭間で肝を据える際の役に立つ。毒味御用に勤《いそ》しむ今が、求馬にとってはまさに生死の狭間、心を安らかに保つためには禅語を呪文のごとく唱えるしかなかろう。

それにしても、廊下が騒がしい。小納戸《こなんど》衆《しゅう》が行き交い、老中《ろうじゅう》と若年寄《わかどしより》の登城を触れまわっているのだ。もうしばらくすると、表向《おもてむき》から肩を怒らせた幕閣《ばっかく》のお歴々があらわれ、御座之間《ござのま》で御目見得《おめみえ》がおこなわれる。そのため、廊下はいっそう騒がしくなるのだが、そちらに気を取られているわけにはいかない。

「耳を閉ざせ。箸先の一点をみつめよ」

平板な口調で告げるのは、相番《あいばん》として対座する皆藤左近《かいとうさこん》である。

歳《とし》はひとまわり以上も上で、綱吉から「唯一無二の鬼役」と評された南雲五郎《なぐもごろう》左衛門《ざえもん》の薫陶《くんとう》を受けており、求馬は兄弟子のように慕っている。

「わしを頼るでない。御奉公の年季に関わりなく、笹之間にある者はみな対等じゃ。相番は所作の見届けのみならず、粗相《そそう》があったときは毒味役を成敗《せいばい》せねばならぬ。見届け役にまわった際は、おぬしも心しておくように」

成敗を命じたのは御膳所を仕切る小納戸頭取《とうどり》で、先例もあるとのことだった。

初出仕から十日経《た》っても、勝手のわからぬことばかりだ。身に纏《まと》った肩衣《かたぎぬ》と半袴《はんばかま》もしっくりときておらぬし、目先の毒味御用を一膳ずつこなすだけで手一杯の日々を過ごしている。

半年ほど前までは、中之御門《なかのごもん》を守る持筒《もちづつ》組の番士《ばんし》にすぎなかった。禄米は三十俵三人扶持《ぴょうぶち》、御家人《ごけにん》のなかでも最底の暮らしを強《し》いられ、今は亡き母とともに組紐《くみひも》や柄巻《つかま》きの内職をやりながら食いつないでいた。中之御門から雄壮な富士見三重櫓《やぐら》を仰いでは、いつかは御目見得以上の旗本《はたもと》になって、御城へ出仕することを夢みていたのだ。

もちろん、強く念じるだけで、夢がかなうはずもない。求馬は剣術の申し合いで番士五百人余りの頂点に立ち、老中の秋元但馬守喬知《あきもとたじまのかみたかとも》から目を掛けられた。そして、さまざまな試練を経たうえで矢背家への婿入りを許され、将軍家の毒味役として出仕するように命じられたのだ。

幸運にも恵まれ、家禄のほかに二百俵もの役料を頂戴できる身分となった。三十俵取りの御家人からすれば夢のような暮らし向きだが、むかしの番士仲間で羨《うらや》む者はひとりもいない。何しろ、鬼役は毒をも啖わねばならず、屋敷を出るときは首を抱いて帰る覚悟でのぞまねばならぬと聞けば、尻込みせぬ者はおるまい。

甘鯛の骨取りを無事に終え、求馬は箸を置いた。

小納戸の若い御膳方が素早く膳をさげていく。

詰めた息を吐きだすと、相番の皆藤に睨《にら》まれた。

「まだまだじゃな」

ひとこと漏らし、すっと立ちあがる。

求馬は両手をつき、深々と平伏《ひれふ》した。

皆藤が去ったのち、外の気配を窺《うかが》いながら部屋を出る。廊下に一歩踏みだしたら、お歴々との鉢合わせだけは避けねばならない。廊下は綱吉の拠《よ》る中奥《なかおく》の諸座敷と繋《つな》がっており、老中も若年寄も鼻先の土圭《とけい》之間廊下を曲がってあらわれるのだ。

土圭之間廊下のさきには中奥と表向を分かつ口奥《くちおく》の番所があり、表向側の板戸には「これより内へ御用なき輩《やから》いっさい出入りすべからざるものなり」という紙が貼られているという。

求馬は慎重に足を運び、口奥番所のほうへは曲がらずに廊下をまっすぐ進んだ。右手には側用人《そばようにん》、柳沢美濃守吉保《やなぎさわみののかみよしやす》の御用部屋があり、左手には小姓衆《こしょうしゅう》や小納戸衆の詰所《つめしょ》が並んでいる。さらにさきへ進めば、右手奥に庖丁人《ほうちょうにん》たちが腕を振るう御膳所があり、炭置《すみおき》部屋などを通り抜けていくと、中奥勤めの役人たちが出入りする御台所口《おだいどころぐち》に行きついた。

御台所口から綱吉の所までは遠いが、壁や板戸で仕切られているわけではない。誰であろうと、その気になれば迷わずにたどりつける。天下を統《す》べる将軍と廊下ひとつで繋がっているとおもえば妙な気分になり、ほっぺたを抓《つね》ってみたくもなったが、求馬は初日からずっと、ひとりだけ浮いているような居心地の悪さを感じていた。

周囲の目など気にするなと皆藤に諭されたが、そういうわけにもいかぬ。御家人あがりと知れれば、上からも下からも白い目でみられよう。旗本同士でも、新米は酷《ひど》い苛《いじ》めを受けると聞いた。着物を墨で汚されたり、脇差《わきざし》の鞘《さや》を隠されたり、多くは子どもじみた悪戯《いたずら》のたぐいだが、弁当に糞を仕込むといった悪質なものまであるらしい。

求馬は苛めにはまだ遭遇しておらぬが、一刻たりとも気が抜けぬため、いつも眸子《まなこ》を充血させていた。

幸いなことに誰にも遭遇せず、御膳所の裏までやってきた。

三和土《たたき》に降りて庭草履《ぞうり》を履き、地べたを歩いて厠《かわや》へ向かう。

薄暗いなかで用を足して出ると、物陰から誰かに囁《ささや》かれた。

「裏の御用じゃ。子《ね》ノ刻（午前零時）を過ぎたら、隠し部屋に参じよ」

声の主は土田伝右衛門《つちだでんえもん》、綱吉の尿筒《しとづつ》持ちである。将軍が御城外へ出御《しゆつぎよ》する際にはかならず侍《はべ》り、尿意を告げられたら身を寄せて裾《すそ》を掻き分け、綱吉のいちもつを筒口にあてがう。並みの者にはできぬ不浄役を家業とし、裏では間諜《かんちょう》の役目も負っていた。

伝右衛門はいわば隠密《おんみつ》御用の橋渡し役、久方ぶりで会うにもかかわらず、顔もみせずに気配を消してしまった。

「くそっ」

求馬は低声《こごえ》で悪態を吐《つ》く。

表の毒味御用だけでも四苦八苦しているというのに、裏の御用まで仰せつかられねばならない。正直、気が重かった。しかも、隠し部屋に誘われるのは今宵《こよい》が初めてなのだ。

本来は公方しか入室を許されぬ隠し部屋は中奥の深奥《しんおう》にあり、綱吉の御座所《ござしょ》を通りすぎていかねばならない。真夜中、見廻りに勤しむ小姓たちの目を盗み、命懸けで密命を賜りにいくのである。

何故《なにゆえ》、わざわざ隠し部屋へ足を運ばねばならぬのか。そんなことに命を懸ける価値があるのかどうかもふくめて、皆藤や伝右衛門に詰問《きつもん》したくなったが、密命を下す人物が誰なのか、求馬は肝心なことを知らされていない。

御城にあがるまでは、秋元家留守居《るすい》の室井作兵衛《むろいさくべえ》に指図を受けていた。陪臣《ばいしん》の室井は御城内へ踏みこめない。となれば、別の相手ということになる。元来が人見知りなだけに、求馬としては一刻も早く御城から逃げだしたくなった。

鬼役不足で出仕を急がされたこともあり、綱吉への目見得はまだ済ませていない。だが、中奥におれば綱吉の動きはつぶさに把握できる。午後は重臣《じゆうしん》たちが下城したあとも御休息之間《ごきゆうそく》下段で伺《うかが》いの決裁などをおこない、御慰みのときは能舞台で謡《うたい》を観たり、楓《かえで》之間で小姓たち相手に投扇興《とうせんきよう》などを楽しんだりしていた。

求馬は夕餉《ゆうげ》の毒味御用を済ませ、宿直《とのい》部屋でまんじりともせずに座りつづけた。五つ（午後八時）には夜の総触《そうぶれ》となり、綱吉は上御鈴《かみおすず》廊下から大奥《おおおく》へと渡っていった。今宵は夕餉を大奥の御小座敷《おこざしき》でとり、そのまま朝を迎えることになろう。就寝は五つ半（午後九時）と定められており、小姓からの「もー触れ」を受けとり、奥坊主たちが各部屋へ「もー」と触れてまわる。この「もー触れ」以降、当番の小姓以外は御小座敷より奥へ足を踏みいれることが許されない。

公方就寝から半刻《はんとき》（一時間）、亥《い》ノ刻（午後十時）を過ぎれば廊下は深閑《しんかん》として咳《しわぶき》ひとつ聞こえなくなる。

さらに、真夜中の子ノ刻ともなれば、中奥全体が漆黒の闇に塗りこめられた。

求馬は褥《しとね》からそっと抜けだし、音を起《た》てぬように廊下へ踏みだす。

今から一寸先もみえぬ隧道《ずいどう》を手探りで進み、上御錠口《かみのおじょうぐち》の手前にある楓《かえで》之間へ向かわねばならない。

無理だなと、正直におもった。

楓之間はあまりに遠い。御座之間の脇から萩《はぎ》之廊下を渡り、御休息之間と御小座敷の脇を進んで、さらに御渡《おわたり》廊下を渡っていかねばならない。しかも、そのさきがある。楓之間へ身を入れたあと、壁の向こうに隠された小部屋へ忍んでいかねばならぬのだ。

できるわけがないとおもいつつも、求馬は抜き足差し足で廊下を進んだ。何度も立ち止まっては詰めた息を吐きだし、見廻りの気配に耳を澄ませ、ふたたび、緊張の面持《おもも》ちで動きだす。

床の軋《きし》みを避けるために廊下の端を歩き、どうにか萩之廊下を渡りきった。

足袋《たび》を履いていても床は氷のように冷たく感じられたが、額《ひたい》にはうっすらと汗を掻いている。これが夏ならば、廊下に点々と汗の染みをつくったにちがいない。少しは夜目《よめ》が利《き》くので廊下の曲がり角で壁にぶつかる恐れはないものの、目に焼きつけた絵図面通りに進んでいるのかどうか不安になった。

御休息之間を過ぎたあたりで、見廻りの気配が近づいてくる。

廊下を戻ることもできず、求馬は何と御休息之間の襖《ふすま》を開けて内へ忍びこんだ。

十八畳の下段は綱吉の御用部屋、同じ十八畳の上段は寝所である。忍びこんだことがわかれば、即座に首を刎《は》ねられよう。幸い綱吉は大奥泊まりゆえ、部屋には誰もいなかった。襖の内側で耳をそばだてていると、見張りの気配がすぐそばまで近づき、心ノ臓《しんのぞう》が飛びだしかける。

息を殺していると、気配は遠ざかった。

部屋から抜けだし、気を取りなおして、さらに奥へと進む。

どうにか楓之間までたどりつき、襖を少しだけ開けて忍びこんだ。

――ひい、ふう、みい、よ……。

胸の裡《うち》で数えつつ、左手の床の間へ向かう。

壁に掛けられた軸の画《え》が何かもわからない。

軸の脇には紐が垂れさがっており、その紐を引けば芝居仕掛けの龕灯《がんどう》返しさながら、壁がひっくり返ることだけは知らされていた。

求馬は震える手を伸ばし、戸惑ったすえに引っこめる。

壁がひっくり返れば、密命を下す相手と顔を合わせねばならぬ。

すべては、紐を引いた瞬間からはじまるのだ。

恐い。だが、引き返すことはできぬ。

求馬は意を決し、ぎゅっと紐を摑《つか》んだ。

二

風音とともに、床の間の壁がひっくり返った。

「うっ」

黴《かび》臭い。

求馬は眸子《まなこ》を瞠《みは》った。

たしかに部屋らしきものはあるが、あまりに暗すぎて人がいるのかどうかもわからない。

こほっと空咳がひとつ聞こえ、行燈《あんどん》が灯された。

求馬は平伏し、畳に額を擦《こす》りつける。

「苦しゅうない、顔をあげよ」

「はっ」

部屋は狭い。四畳半ほどであろうか。

低い位置に小窓が穿《うが》たれ、壺庭《つぼにわ》の端には薄紅色の花が咲いている。

「侘助《わびすけ》じゃ、しおらしげに咲いておろう」

声の主は有明行燈《ありあけあんどん》をそばに寄せ、皺顔《しわがお》を突きだした。

柔和《にゅうわ》そうにみえるが、目だけは笑っていない。

「顔をよくみせよ」

そう言って袂《たもと》から丸眼鏡を取りだし、鼻のうえにちょんと載せる。

求馬は畳に手をついたまま、顔だけをすっと持ちあげた。

「ほほう、よき面構えじゃ。名は何というたかな」

「はっ、矢背求馬にござります」

緊張しながらも、どうにか応じてみせる。

「ふむ、そうじゃ、矢背であったな。志乃《しの》は息災《そくさい》か。あのじゃじゃ馬娘、どんな相手を婿に選ぶかとおもいきや、存外に土臭い男が好みらしい。ぐふふ、矢背というめずらしい姓の由来なら、わしも知っておるぞ」

遥《はる》か千年以上前に勃発した壬申《じんしん》の乱の際、御所から逃れた天武《てんむ》天皇が洛北《らくほく》の地で背中に矢を射かけられた。その逸話に因《ちな》んで「矢背」と名づけられた地名が「八瀬《やせ》」と表記されるようになり、一族を率いる首長の家には「矢背」の姓が残された。

それは矢背家へ婿入りする以前、猿婆《さるばば》から聞いたはなしだ。猿婆によれば、八瀬童子《どうじ》は閻魔《えんま》大王の輿《こし》を担いだ鬼の子孫なのだという。

「山里には鬼洞《おにがほら》と称される洞窟があり、都を逐《お》われて大江山《おおえやま》に移り住んだ酒呑《しゅてん》童子《どうじ》が祀《まつ》られておるそうじゃな」

都人《みやこびと》から忌避《きひ》された鬼、それは禍《わざわい》の象徴にほかならない。ところが、八瀬童子は鬼を敬い、鬼の子孫であることを誇った。先祖は都人の弾圧から免れるべく、世を忍んで比叡山《ひえいざん》に隷属《れいぞく》する寄人《よりうど》となり、延暦寺《えんりやくじ》の高僧や皇族の輿をも担ぐ力者《りきしや》の地位に就き、戦国の御代には禁裏《きんり》の間諜となって暗躍したという。

「かの織田信長《おだのぶなが》公でさえも『天皇家の影法師』と呼んで懼《おそ》れたとか。しかも、関白《かんぱく》の近衛《このえ》公にも庇護《ひご》される由緒正しき血筋じゃ。にもかかわらず、主家の娘は何故に故郷を捨てて江戸へ下り、徳川《とくがわ》家の手先となったのか……」

老臣の問いかけに、求馬はおもわず身を乗りだす。

矢背家の新たな当主となった今、それこそがもっとも知りたいことであった。

「……ふっ、ちと喋《しゃべ》りすぎたわ。さようなはなし、御役目とは何ら関わりがない」

肩透かしを喰らい、はなしの接《つ》ぎ穂《ほ》を失ってしまう。

丸眼鏡の老臣は、くいっと胸を反らした。

「小姓組番頭格《ばんがしらかく》、橘主水《たちばなもんど》じゃ。御三代さまの御遺言により、隠し部屋への出入りを許されておる。綱吉公にとってみれば、口うるさい幽霊のごときものやもしれぬ。綱吉公から寵愛《ちょうあい》を受ける柳沢美濃守さまにとっては、目の上のたんこぶ。鬼役風に申せば、喉元に刺さった小骨のごときものであろうな」

くくくと、小骨はさも可笑《おか》しげに笑う。

還暦は過ぎていようが、どれだけ過ぎているのかもわからない。はなしぶりから推《お》せば、第三代将軍家光《いえみつ》公の御代から仕えているのであろう。ともあれ、値の張る骨董品のごとき人物にちがいなかった。

「されば、おぬしに密命を伝えよう。古着屋惣代《そうだい》の睦屋与平《むつみやよへい》を始末せよ」

「えっ、始末にござりますか」

「何を驚いておる」

「……お、畏《おそ》れながら、確たる理由もなく、人を殺《あや》めたくはありませぬ」

「ひょっ、人を殺めたくないだと」

「はい」

「人を殺めぬ刺客など、何処《どこ》を捜してもおらぬぞ」

「頂戴する密命とは、刺客御用なのでござりましょうか」

「こたびはそうじゃ。悪人を成敗するのに理由なんぞいらぬ。おぬしは何も考えず、古着屋に引導《いんどう》を渡せばよいのじゃ」

「できませぬ」

「おいおい、室井作兵衛から何を教わったのじゃ」

「室井さまのせいではありませぬ。理由なきは人を殺めず。それが拙者《せっしゃ》の信念にござります」

「信念か。ふん、面倒臭い男じゃのう」

ふいに、行燈の灯《あか》りが消えた。

「行け、三日だけくれてやる」

暗闇から、くぐもった声が聞こえてくる。

求馬は畳に平伏《ひれふ》すと、素早く穴蔵から抜けだした。

楓之間から宿直部屋まで、どうやって戻ってきたのかよくおぼえていない。

褥《しとね》に横たわっても、朝まで一睡もできなかった。

明け六つ（午前六時）の入込《いりごみ》になると、中奥の廊下は騒々しくなる。小姓衆や小納戸衆が持ち場の掃除をはじめるからだ。綱吉は大奥で目を醒《さ》ましたのち、一度中奥の御休息之間上段へ戻り、手水《ちょうず》で顔を洗ってから月代《さかやき》と髭《ひげ》を小納戸方に剃らせる。さらに、御髪番《おぐしばん》による結髪《けっぱつ》がなされるなか、奥医師《おくいし》らによる脈診が仰々《ぎょうぎょう》しくおこなわれた。

そして五つ半（午前九時）頃、綱吉はふたたび大奥の御仏間へ足を運び、歴代将軍の位牌を拝む。四つ（午前十時）ちょうどに大奥の御小座敷で総触を済ませ、中奥に戻ってからようやく朝餉《あさげ》の膳に向かうのだ。

もちろん、求馬は毒味御用を疾《と》うに済ませ、下城の支度を整えていた。幕閣のお歴々が中奥へあらわれるまえに、退出しておかねばならない。

充血した眸子で廊下を渡り、御台所口から外へ出た。

鬱々《うつうつ》とする曇り空を仰ぎ、襟元をすっと引き寄せる。

昨夜の出来事が信じられず、足取りは異様に重い。

もちろん、密命を課されるのは、ごくかぎられた者たちだけだ。御家人から旗本に昇進できる者など、ほんのひと握りにすぎない。選ばれたことを意気に感じ、命じられた役目に邁進《まいしん》すべきであろう。それこそが忠義にほかならぬし、そもそも、上の連中に文句が言えるような立場にない。

すべて承知しているのだが、おのれの節を枉《ま》げることはできなかった。どのような責め苦にも耐えてみせる自信はあるし、どのような痛みも甘んじて受ける覚悟はある。だが、理由もなく人を殺めることはできない。黙って上の命にしたがうのが侍《さむらい》であろうと詰《なじ》られても、その一線だけは譲れぬ。たとい、相手が公方だろうと、けっして引き下がらぬ。その気概こそが、侍として失ってはならぬものではないのか。求馬はそうおもうのだ。われながら面倒臭い男だなとおもいつつ、中雀《ちゅうじゃく》御門を通り抜けた。中之御門は持組の番士たちが守っており、見知った顔もいくつかあった。

軽くお辞儀をすると、向こうは深々とお辞儀を返してくる。かつての自分の姿だった。旗本と御家人とでは住むところがちがう。声を掛けたくても、容易にはできない。相手が嫌がる。余計なことはするなと目顔で諭され、淋しいおもいをするだけのはなしだ。

それにも馴《な》れた。中之御門を潜《くぐ》り、百人《ひやくにん》番所の前を通って三之御門へ向かう。

さらに、枡形《ますがた》の三之御門を通過すれば、そのさきに下乗《げじょう》橋があり、橋を渡って御濠《おほり》沿いに右手へ進めば、桔梗《ききょう》御門とも称される内桜田《うちさくらだ》御門へたどりつく。

濠の向こうには石垣が黒々と積まれ、石垣の上には富士見三重櫓が聳《そび》えていた。

求馬はいつものように足を止め、櫓に向かって深々と頭をさげた。

曇天の狭間から薄日が射しこみ、櫓の甍《いらか》を黄金に煌《きら》めかせている。

幸運の兆しであろうか。

橘主水は「三日だけくれてやる」と言った。

それはとりもなおさず、三日以内であれば古着屋の悪事を調べてもよいというはなしではないか。橘は頭から拒まず、一抹の猶予を与えてくれたのだ。感謝せねばならぬ。すぐには見放さず、試してくれようとしたにちがいない。

一筋の光明をみつけたせいか、ぐっとやる気が湧き、足取りも軽くなってきた。

内桜田御門を通過すれば、大名小路を囲む諸大名の雄壮な御屋敷がみえてくる。

門番に会釈をして御門を背にすると、脇のほうから大きな人影が近づいてきた。

無視して早足に離れると、人影はぴたりと後ろに従《つ》いてくる。

蛤濠《はまぐりぼり》に沿って右手に折れ、坂下御門へ向かった。

御門の手前を左手に折れ、小走りになりながら進む。

それでも、人影は離れずに従いてくる。

外桜田御門の手前でついに我慢できなくなり、求馬は立ち止まって振りむいた。

「何かご用か」

大柄の侍は笑いながら、鸚鵡《おうむ》返しに応じる。

「何か用か九日十日」

「なにっ」

「駄洒落《だじゃれ》でござる。恐いお顔をなさるな」

「おぬしは誰だ」

「佐山大五郎《さやまだいごろう》と申します。存分にお使いくだされ」

「何を言っておるのか、ようわからぬが」

「念のためにご確認いたしますが、矢背求馬さまであられますな」

「そうだ」

「それがし、本日より矢背家の用人《ようにん》になるべく命じられました」

「いったい、誰に」

「室井作兵衛さまにござります」

「されば、おぬしは秋元家の」

「いいえ、秋元家の用人ではござらぬ。月代と髭は剃っておりますが、ただの浪人にござります。奥州《おうしゆう》のとある藩をお払い箱になり、諸国行脚《あんぎや》の旅に出ました。旅の途中で出会ったのが縁で、室井さまから目を掛けていただくことに。じつを申せば、釣り仲間でしてな。ふふ、これを申すと叱られましょうが、竿《さお》の使い方はそれがしのほうが一枚上手にござる」

臼《うす》のようなからだを揺すり、佐山は「どはは」と豪快に笑ってみせる。

鬱陶《うつとう》しい男だなとおもいながらも、求馬は肩を並べて歩きはじめた。

三

ただの浪人を用人に寄越すとは、室井の考えがわからない。

御城に出仕する旗本として体面を整えるべく、従者のひとりくらいは連れて歩けという親心なのであろうか。

面倒臭いのは、志乃が佐山という臼侍を知らぬことだ。得体の知れぬ男を連れていけば警戒するであろうし、室井の意向とは申せ、すんなり受けいれるかどうかの確証はなかった。

「三味線《しやみせん》堀あたりで寒鮒《かんぶな》でも釣りたい気分でござる。されど、釣り竿なんぞを担いでいようものなら、すぐさま、小人目付《こびとめつけ》どもに縄を打たれましょう。まこと、江戸は窮屈《きゆうくつ》なところでござる」

言われてみればたしかに、江戸では漁師を除いて釣りが禁じられている。室井とは釣り仲間らしいが、不浄役人の目を逃れて、いったい何処へ釣りに出掛けるのだろうか。

「ふふ、穴場ならいろいろとござってな。生類憐《しようるいあわれ》みの令のおかげで、魚はわんさかおりまする。桐畑《きりばたけ》のそばにも、大物の鯉《こい》が寄ってくる浅瀬がござる。よろしければ、今宵にでもお連れいたしましょうか」

「桐畑と申せば、御濠のそばではないか」

「さようにござる。禁じられておるがゆえに、釣りはおもしろい。さように、室井さまも仰いましたぞ。のはは」

喉ちんこをみせて笑う佐山から目を離し、求馬は足を速めた。

目の前には、急勾配の浄瑠璃《じようるり》坂が遥か上方までつづいている。

突如、求馬は土を蹴った。

いつものことだ。上り坂をみると、駆けだしたくなる。

「えっ、どうなされた」

驚いた佐山の声が、遥か後方へ遠ざかった。

坂の上まで一気に駆けあがり、御納戸町《おなんどまち》の屋敷へ向かう。

矢背家の冠木《かぶき》門が近づいた頃には、呼吸の乱れも収まった。

振りかえっても、佐山のすがたはみえない。

どうやら、上り坂が苦手らしい。

「ふん、いい気味だ」

得意げに胸を張り、門を潜って表口まで進む。

「ぬりゃ……っ」

裏庭から掛け声が聞こえたので、脇道からそちらへまわった。

志乃が汗みずくになりながら、一心不乱に木刀を振っている。

稽古相手がおらずとも、ひとりで飽くこともなく木刀を振っていられるのだ。

偉いなと、求馬はいつも感心する。夫婦になったからといって、夫を立ててすごしてほしいとはおもわない。しおらしげな妻のすがたなど、まったく期待していなかった。独り身の頃と変わらず、気丈で凛《りん》とした志乃でいてくれればそれでよいのだ。

「お戻りなされまし」

後ろから、猿婆が声を掛けてきた。

手足のやたらに長い老婆は、志乃が八瀬の山里から連れてきた唯一の従者である。ときには対峙《たいじ》する相手に牙を剝《む》き、平然と殺めてしまうこともあった。以前は目下にみられていたが、ひとつ屋根の下で暮らしはじめてからは傅《かしず》くような態度に変わった。半月ほど前、敵の忍びに筒で撃たれ、猿婆は生死の境を彷徨《さまよ》った。そのときに命を救ったことが影響しているのかもしれない。

会えば憎まれ口を叩かれていた頃が懐《なつ》かしい。他人行儀な猿婆の態度に、求馬は一抹の淋しさを感じている。

志乃がこちらに気づき、手拭いで汗を拭きながら近づいてきた。

「お役目はどうであった」

「つつがなく。ただ、昨晩、隠し部屋へ誘われました」

「ほう、隠し部屋は初めてであったな」

「はい」

志乃は下から顔を覗《のぞ》きこんでくる。求馬からは敬語が抜けず、他人が聞けば夫婦の会話とはおもえなかった。

「部屋に誰がおった」

「橘主水という御仁《ごじん》が」

「丸眼鏡の老臣だな」

「ご存じでしたか」

「秋元但馬守さまの御屋敷で一度だけお目に掛かった。室井さまが仰るには、幕閣《ばっかく》のお歴々にも睨みを利かす重石《おもし》のごときお方だそうじゃ。わたしには、漬け物石にしかみえなんだがな」

「ふふ、漬け物石とは言い得て妙かも」

肝心の密命を告げようとしたところへ、表口から大声が聞こえてきた。

「お頼み申しあげます。殿、佐山大五郎がただいま参上いたしました」

志乃は小首をかしげ、猿婆は眸子に警戒の色を浮かべる。

「殿と申したぞ。何者じゃ」

「さあ、知りませぬ」

そこへ、佐山がひょっこりすがたをみせた。

髷《まげ》は崩れ、着物は乱れ、疲れきった暴れ牛のように肩で息をしている。

「殿もお人が悪い。浄瑠璃坂を駆けあがるなら、あらかじめ伝えていただかぬと」

「伝えたら、おぬしも駆けあがったのか」

「いいえ、常人にはできぬことにござる。ともあれ、明日からは自重《じちょう》していただきとうござります」

「明日もおぬしがおるとはかぎらぬ」

「えっ、どういうことにござりましょう。拙者は矢背家の用人にござりますぞ」

「室井さまのご推挽《すいばん》であっても、まだそうと決まったわけではない。こちらのお方が認めねば、即刻、浪人暮らしに逆戻りだ」

こちらのお方とは、もちろん、志乃のことだ。眉間《みけん》に縦皺を寄せ、難しい顔をしてみせる。

「用人ならば何があろうと、命懸けで主人を守らねばならぬ。浄瑠璃坂を駆けあがれぬようでは、はなしにならぬわ」

志乃にびしっと釘を刺され、佐山は面食らったように首を差しだす。

「お待ちを。それがしを雇っていただけぬと仰せか」

「そうじゃ。尻尾《しっぽ》を巻いて出ていけ」

「こりゃまた、愛らしいお顔で手厳しいことを仰る。ま、はなしには伺っておりましたがな」

「室井さまがわたしのことを喋ったのか」

「ええ、矢背家のじゃじゃ馬娘と仰り、けらけら笑っておられましたぞ」

「ぬう、陰口を叩くとは、許せぬ爺さまだな」

「拙者は役に立ちます。門前払いなされずに、まずは使ってみてくだされ」

どんと拳で胸を叩く臼侍に向かって、志乃は鋭い眼差《まなざ》しを投げかけた。

「おぬしに何ができる」

「薪《まき》割りができまする」

「要らぬわ」

「何なら、飯も作りましょう」

「それは猿婆の役目じゃ」

「こうみえて、河豚《ふぐ》の胆《きも》を抜く技も身につけており申す」

「河豚のさばきならば、猿婆とてお茶の子さいさいじゃ」

「ならば、今宵のおかずに、生きのよい野鯉《のごい》か寒鮒《かんぶな》でも釣ってまいりましょう」

「御免蒙《こうむ》る。釣り竿を手にして不浄役人にでも捕まれば、わが家がとばっちりを受けるからな」

「ならば、暴れ牛を素手で倒してみせましょう」

「だから、それをやったら、打ち首じゃと申しておろう」

佐山は黙った。

志乃と猿婆は、何やらおもしろがっている。

求馬も何故か、つぎのこたえを待っていた。

佐山の顔が、ぱっと明るくなる。

「そう言えば、誰にも負けぬ妙技がひとつござりました。それがし、槍《やり》を投げまする」

「ほう、槍を投げるか」

志乃がわずかに興味を持った。

佐山はしたり顔でつづける。

「短槍《たんそう》でも、穂先二尺（約六一センチ）超えの大身槍《おおみやり》でもかまいませぬ。常人の倍、いや、三倍の長さは投げられます。しかも、何本投げても、的を外すことがありませぬ」

「眉唾なはなしじゃ。投げやりな気持ちで、法螺《ほら》を吹いておるのではなかろうな」

「うおっほほ、槍投げと投げやりを掛けられましたな。駄洒落《だじゃれ》はお好きですか」

「別に好きではない」

「されば、槍投げをご覧に入れましょうか」

「よし。そなたが半町《はんちよう》（約五五メートル）さきの的に当てられたら、用人に雇ってつかわそう」

妙なはなしになってきた。

佐山はこちらに顔を向け、手頃な槍はないかと問うてくる。

本気で投げる気らしい。

求馬が動くよりも早く、猿婆が何処からか槍を携えてきた。

柄《え》の長さで二尺（約六一センチ）余りはあろうか。長さ四寸（約一二センチ）ほどの笹穂《ささほ》には、朱に塗られた樋《ひ》が切ってある。

猿婆が恭《うやうや》しく差しだした槍を、志乃は片手で摑んだ。

「備前太夫則宗《びぜんだゆうのりむね》じゃ」

「お宝ではござらぬか」

佐山は感嘆の声をあげ、笹穂に目を貼りつける。

志乃は両脚を開き、槍を青眼《せいがん》に構えてみせた。

「さよう、矢背家伝来の名槍《めいそう》じゃ」

「投げてもよいのですか」

「かまわぬ。ただし、覚悟を決めてもらわねばならぬ」

「と、仰ると」

「的を外したときは、腹を切ってもらう。それでもよければ、投げてみよ」

「えっ」

驚きの声をあげたのは、求馬のほうであった。

佐山はむっつり黙り、すっと顔を持ちあげる。

「よろしゅうござる。的を外したときは、腹を切りましょう」

そう言って志乃から槍を受けとり、脇道をすたすた歩きだす。

「何処へ行く」

志乃に呼びとめられ、佐山は不敵な笑みを浮かべた。

「すぐ近くの原っぱへ。あそこでなければ、半町さきに的は立てられますまい」

そのとおりだ。裏庭では狭すぎる。

三人は連れだって、臼侍の背にしたがった。

そして、枯れ草のめだつ原っぱへやってくる。

猿婆が遠くまで歩き、矢の的を立てた。

遠いなと、求馬はおもった。

的が豆粒にしかみえない。

佐山は片肌脱ぎになり、丸太のごとき右腕を二度三度と振りまわした。

やはり、本気のようだ。

さきほどまでとは、あきらかに顔つきが変わっている。

もちろん、侍である以上、口にしたことを違《たが》えてはならない。

だが、佐山は的を外して逃げるにちがいないと、求馬はおもった。

さすがの志乃も大それた試練を課した手前、固唾《かたず》を呑んで見守っている。

「されば、投げ申す」

佐山はひと声発し、大股で五歩ほど後退《あとずさ》った。

そして、右耳の脇に槍を掲げるや、小刻みに助走をつける。

駆けながらぐんと胸を反らし、肩が外れんほどに右腕を後ろに引いた。

柄の石突《いしづき》がさがり、地べたに触れそうになる。

「ぬおっ」

野獣の咆哮《ほうこう》とともに、佐山はおもいきり腕を振った。

――ぶん。

高々と宙に飛んだ槍が曇天を裂き、大きな弧を描きながら的に吸いこまれていく。

「行った」

えっ、当たるのか。

おもわず、求馬は身を乗りだす。

志乃は口を開けたまま、槍の軌跡を目で追っていた。

――とん。

槍が当たった。

的のまんなかで、長柄がぶるぶる震えている。

信じられない光景に、求馬はことばを失った。

「うわっ、やった、当たったぞ」

志乃はわれを忘れ、手を叩いて喜ぶ。

猿婆も的のそばから、興奮の面持ちで駆けてきた。

「ふふ、まぐれにござる。これで首が繋がり申した」

投げた当人は、戯《おど》けたように笑ってみせる。

まぐれならば、途轍《とてつ》もない強運の持ち主ということになろう。

佐山大五郎、侮るべからずと、求馬は胸につぶやいていた。

四

求馬は志乃にたいして、橘から下された密命の中身を告げた。

「古着を扱う連中は盗人どもと通じておる。そもそも、日本橋《にほんばし》で古着商をはじめた鳶沢甚内《とびさわじんない》からして盗人《ぬすっと》一味の頭目であったからな」

志乃は物知り顔で言い、小莫迦《こばか》にしたような目を向けてくる。

「古着屋を束ねる惣代ともなれば、あくどいことは何でもやっていよう。叩けばいくらでも埃《ほこり》が出る身、いちいち調べずとも、ばっさり斬ってしまえばよいのじゃ」

「そうはいきませぬ。理由もなく人を殺めるのだけは御免蒙ります」

ふたりの会話を聞いていた佐山が、横から口を挟んだ。

「ならば、今から悪事の証《あか》しを探しにまいりませぬか」

「ふん、勝手にいたせ」

志乃はぷいと横を向き、猿婆を連れて勝手口に消えた。

佐山は一礼して歩きだし、求馬は仕方なく追いかける。

「待ってくれ、あてでもあるのか」

「ござります。お方さまが仰ったとおり、古着屋の元締めなんぞは叩けばいくらでも……ええ、埃どころか、屍骸《むくろ》が出てくるやもしれませぬぞ」

「おいおい、脅かすな」

ふたりは浄瑠璃坂を下り、濠端に沿って牛込御門《うしごめ》のほうまで歩いた。さらに、土手下の桟橋《さんばし》に降りて小舟を仕立て、神田川《かんだ》を滑るように進む。小石川《こいしかわ》、水道橋《すいどう》、御茶ノ水《おちゃのみず》と通りすぎ、柳原《やなぎわら》土手を右手にみながら浅草橋《あさくさ》へいたり、陸にあがってからは両国広小路《りょうごくひろこうじ》と横山町《よこやまちょう》の大路を斜めに突っ切った。

佐山に連れていかれたさきは日本橋浜町河岸《はまちょうがし》の一角、武家地の狭間に棟割長《むねわり》屋が建ち並ぶ久松町《ひさまつちょう》である。

すでに、辺りは薄暗い。

貧乏人の住む棟割長屋からは、炊煙がゆらゆらと立ちのぼっていた。

「堀川の向こうが富沢町《とみざわちょう》、古着屋どもの巣窟《そうくつ》にござるよ」

浜町堀に架かる栄《さかえ》橋のさきは暗くて何もみえぬが、蠢《うごめ》く者たちの怪しげな気配は感じられた。

「連中には昼の顔と夜の顔がござります。夜の顔は恐い。ただの商売人ではござりませぬ」

恐い夜の顔をみせてやろうとでも言わんばかりに、佐山は片頬に笑みを浮かべる。

黙って背中に従いていくと、栄橋の向こうから、一見しただけで破落戸《ごろつき》とわかる連中がやってきた。

「ほうら、おいでなすった」

瘦せてひょろ長い男が、坊主頭の大男とほかにふたりをしたがえている。

「連中は」

「債鬼《さいき》にござるよ」

古着屋が高利で金を貸していることは、求馬も何となく知っていた。法度《はっと》破りだが、なかば公然とおこなわれている。佐山に言わせれば理由はふたつあり、ひとつは目先の金を欲しがる意志の弱い連中が世の中に溢《あふ》れているからだという。そして、もうひとつは、町奉行所の不浄役人たちが鼻薬を嗅《か》がされ、みてみぬふりをしているからとのことらしい。

「人はちょっとしたことで過ちを犯し、どぶ板を踏みはずしてしまう。債鬼どもは、そうした心の隙《すき》を見逃してはくれぬ。えげつないやり方で、貧乏人どもを地獄へ追いこむのでござる」

四人の男たちは露地裏を縫うように進み、裏長屋の朽《く》ちかけた木戸を潜った。

どぶ板を踏み、奥へ奥へと進み、糞溜《くそだまり》に近い角部屋の手前で立ち止まる。

部屋から漏れる灯りに、男たちのすがたが影となって映しだされた。

その様子を、求馬と佐山は遠く木戸のそばから眺めている。

「おい長介《ちょうすけ》、顔をみせろ」

ひょろ長い優男《やさおとこ》が怒鳴った。

腰高障子《こしだかしょうじ》が開き、猫背の男が怖《お》ず怖《お》ずと首を差しだす。

坊主頭が太い腕を伸ばし、長介と呼ばれた男の襟首を摑んで引きずりだした。

「おとっつぁん」

後ろから、娘が飛びだしてくる。

長介の袖にしがみつき、離れようとしない。

坊主頭が手を放すと、長介と娘はその場に蹲《うずくま》った。

四人が素早く父娘を取り囲む。

優男がドスの利いた声を発した。

「金はできたか。今宵が期限だぜ」

「待ってください。あと一日だけ、お願いします」

長介は必死に懇願し、地べたに額を擦りつける。

優男が言った。

「そいつはできねえ相談だ。約束どおり、娘を貰《もら》っていくぜ」

「お待ちを。どうか、あと一日」

「一日待って首でも縊《くく》られたら、たまらねえかんな。丁半博奕《ちょうはんばくち》にのめり込んだ父親の借金は、十五の娘が死ぬ気で働いて返《け》えす。それが世の道理ってもんだ。別におめえを痛めつけようってわけじゃねえ。こいつは最初からの約定《やくじょう》だ、文句はあんめえ」

娘を引きはがされ、父親は優男の足に縋《すが》りつく。

「後生《ごしょう》だ、あと一日だけ」

「しつけえな」

優男から足蹴《あしげ》にされても、父親は這《は》って縋りつこうとする。

これだけの騒ぎになっても、長屋の連中は誰ひとりとして出てこない。腰高障子を頑《かたく》なに閉めたまま、じっと沈黙を保っている。

泣きじゃくる娘のほうへ、父親が這いつくばって近づいた。

坊主頭が巌《いわお》のように立ちはだかり、父親の頬を平手打ちにする。

求馬はみていられなくなり、木戸口から身を乗りだした。

と同時に、後ろから佐山に肩を摑まれる。

「行ってはなりませぬ」

「どうして」

「父娘の面倒を一生みてやる。殿にそれだけの覚悟がおありなら、止めだてはいたしませぬ」

求馬はぎりっと奥歯を嚙《か》みしめ、佐山ともども物陰に隠れた。

娘を連れた債鬼どもをやり過ごし、項垂《うなだ》れながら物陰を離れる。

地べたに蹲る父親のすがたをみることもできない。

ふたりは黙然《もくねん》と歩き、栄橋のたもとまでやってきた。

「石でも吞みこんだような顔ですな」

「詮方《せんかた》あるまい」

「嫌なものをおみせしてしまいました。されど、あれが古着屋にござる。優男は夜烏《やがらす》の巳之吉《みのきち》、坊主頭は五輪坊《ごりんぼう》と称する元破戒《はかい》坊主にござります」

「何で知っておる」

「室井さまに拾っていただくまで、古着屋の用心棒をしておりました。それがしも、あやつらと同類にござります」

「何だと」

「腹が立ったり情けなくなるのは、最初のうちだけ。善意で人助けをやっても、助けられたほうが迷惑に感じることもある。誰であろうと、それなりの覚悟を決めて借金をする。借金を返せぬ者は、見返りを受けねばならぬ。それが世間のことわり。さきほどの父親についても自業自得《じごうじとく》と割りきって考えねばなりませぬ」

「ひどいやつだな」

「そう仰るとおもいました。それでもお連れしたのは、古着屋惣代を始末せよという密命の真意を知りたいがためにござる」

惣代の与平は掛け値無しの悪党だが、古着屋の秩序は与平が扇の要《かなめ》にでんと座っていることで保たれている。いわば必要悪のごときもので、与平がおらぬようになれば、たちまちに秩序は崩れ、古着屋と繋がっている悪党どもは箍《たが》が外れてばらばらになり、市中は混乱の坩堝《るつぼ》と化すだろうと、佐山は言う。

「それゆえ、町奉行も手を出さずにおるのです。にもかかわらず、もっと上の方々はわざと市中を混乱させようと目論《もくろ》んでおられるようだ。敢えてそうせねばならぬ理由を、それがしも知りとうござりましてな」

口惜《くちお》しいが、佐山の洞察は捨てがたいと、求馬はおもった。

地べたを這いずりまわったことのある者でなければ、そうした疑念を抱くことすらできなかったであろう。

「さきほどの巳之吉、ああみえて睦屋の手代《てだい》にござる」

「えっ、そうなのか」

佐山は半年ほど、睦屋の用心棒をやっていたらしい。

「根は悪いやつではありませぬ。拾われた恩義に縛られておるのです」

自分は捨て駒だとわかっているので、どうにかして与平のもとから逃れたいと藻掻《もが》いているという。

「巳之吉の額にあった刀傷、気づかれませんでしたか。あれは、それがしが付けたものでござる」

酒席で「食い詰め者」と侮辱され、巳之吉の匕首《あいくち》を奪って付けたという。みずからの刀を抜かず、殺める気もなかったが、その場で雇い主の与平に三行半《みくだりはん》を突きつけ、住み慣れた富沢町をあとにした。

「巳之吉はおそらく、それがしを恨んでおりましょう。みつかれば面倒なので関わるのを避けておりましたが、殿の悩まれたお顔を眺めていると、そういうわけにもいかず」

古着屋の実態がわかるところへ連れてきたのだという。

なるほど、与平は悪の根源かもしれぬが、命を絶つだけで何が解決するというのか、求馬にもよくわからない。風紀が改善するのであれば疑念を挟む余地もなかろうが、佐山のはなしを聞くにつれ、密命を下した者たちの真意を知りたくなってくる。

「これも宿命にござりましょう」

とことん付きあうと力説され、求馬は困惑してしまう。

何やら、面倒なことになってきた。

志乃に言われたとおり、ばっさり斬ってしまえば悩むことはひとつもないのだ。

そうできない自分を、求馬は持てあました。

五

町奉行所の役人は腐っている。それは今にはじまったはなしではない。廻《まわ》り方《かた》の同心《どうしん》が町人たちに袖の下を催促する様子は頻繁に見掛けるが、あくどいのは同心たちを束ねる与力《よりき》のほうで、古参の年番方《ねんばんかた》や仕置きの行方を左右する吟味方《ぎんみかた》のなかにも、悪徳商人とつるんで私腹を肥やす者たちは見受けられるという。

さすがにそれはあるまいと、翌日、求馬は眉に唾を付けながら市中に繰りだした。

案内役を買ってでたのは、不浄役人の裏事情にも通じている佐山である。

「昨晩のこと、ちと後悔しております。殿に余計なものをおみせしたのではないかと。それがしも寝覚めが悪かったもので」

哀れな娘のすがたをおもいだすと眠りが浅くなり、求馬も眸子を充血させていた。

「殿、ひとつ伺っても」

「ん、何だ」

「今日が定められた期限の一日目になりますが、明後日になっても理由がはっきりせぬときは、どうなさるおつもりです」

「さあ、わからぬ」

「で、ござりましょうな。まあ、ぎりぎりまで足掻《あが》いてみますか」

佐山に連れてこられたのは、赤坂《あかさか》の氷川《ひかわ》明神である。

鳥居を潜らずに門前の裏道を進み、今井台《いまいだい》の手前で袋小路に差しかかった。

辺りは日中でも薄暗く、猥雑《わいざつ》な空気を漂わせている。

「ご覧のとおり、隠し町にござる」

佐山は平然と言い、どんどん奥へ進んでいく。

「待ってくれ。どうする気だ」

「ご案じめさるな。女郎《じょろう》買いに来たわけではありませぬ」

道の片側には細い堀川が流れ、堀川に沿って長屋風の部屋が並んでいる。

「夜の遊び代は四百文《もん》、昼ならば六百文、それゆえ、長屋は四六見世《しろくみせ》と呼ばれております」

佐山は勝手知ったる者のように、端っこの部屋へ向かう。

　ほかの部屋よりも広く、自身番《じしんばん》のような外観をしている。

「あそこに抱え主がおります」

　躊躇《ためら》いもみせず、腰高障子を引き開けた。

「御免。おまさはおるか」

　箱火鉢の手前で、鰹縞《かつおじま》の褞袍《どてら》を羽織った年増《としま》がうたた寝をしている。

　がくっと首を落とした拍子に目を覚まし、目脂《めやに》の付いた切れ長の目を向けてきた。

「おや、誰かとおもえば、佐山の旦那かい。ずいぶん、ご無沙汰《ぶさた》じゃないか」

「ご無沙汰と言うても、夏以来であろう」

「そうでしたっけ、旦那は睦屋の用心棒をお払い箱にされたんでしょう」

「ふん、自分から辞めてやったのさ」

「ま、どっちだって変わりゃしない。で、そっちのお兄さんはどなた」

「新たな雇い主だ。お偉いお方だぞ」

「へえ、お偉いお方がこんな吹きだまりにご用とはね」

「皮肉を申すな。尋ねたことにこたえてくれたら、礼を弾む」

「おや、何でしょうね」

途端におまさは背筋を伸ばし、黒繻子《くろしゅす》の襟を直してみせる。

佐山は上がり端に座り、求馬も誘われたが断った。

「なら、聞こう。昨晩、浜町河岸から娘が連れてこられなかったか」

「長介っていう経師屋《きょうじや》の娘なら、巳之吉の手下が連れてきましたよ。上玉《じょうだま》だから高値をつけろと、あいかわらずの威張り腐った物言いでね。旦那が居なくなってから、礼儀を知らない若い連中が増えちまったんですよ」

「巳之吉のやつ、また灸《きゅう》でも据えてやるかな」

「そうしていただけると、胸のあたりがすっとするんですけどね」

「で、娘をどうした」

「恐いお顔をしなさんな。あの娘、おみよっていう泣き虫なんですがね、なるほど、よくみればなかなかの別嬪《べっぴん》で、羽鳥《はとり》さまのお好みにぴったり」

不浄役人の名を聞くや、佐山は顔色を変えた。

「羽鳥敬吾《けいご》か。たしか、北町奉行所の年番方だったな」

「御奉行さまを除けば、いっち偉いお方ですよ。ところが、一風変わったご趣味をお持ちで、未通娘《おぼこ》をいたぶるのがお好きだとか。大きい声じゃ言えませんけど、羽鳥さまは悪党のなかの悪党でござんすよ。でも、悪党与力が御奉行所を牛耳《ぎゅうじ》っているお蔭《かげ》で、ここも手入れを受けずに済んでいる。神様仏様羽鳥様ってね、日に三度は拝まないと罰《ばち》が当たりましょうよ」

羽鳥は睦屋与平とも誼《よしみ》を通じている。密談の中身までは知らぬが、おまさは何度か宴席で見掛けたことがあったという。

「すけべ爺《じじい》め」

悪態を吐く佐山に、おまさが躙《にじ》り寄ってきた。

「じつは今宵、睦屋の旦那が宴席を催すとか」

「ほう、何処で」

高価な料理茶屋として知られる通旅籠町《とおりはたごちょう》の『梅幸《ばいこう》』に、羽鳥も客のひとりとして呼ばれているらしい。

宴席が終わっても、客はすんなり帰らぬという。

「毎度、別室へ案内して差しあげるそうですよ。巳之吉のやつに言われましてね、誰かにすけべ爺の伽《とぎ》をさせなくちゃなりません」

「まさか、おみよに伽をさせる気ではなかろうな」

「ほかにおりませんでね。旦那方でどうにかしていただけるってんなら、考えなおしてもよろしいですよ」

佐山は黙って唇を噛んだ。

相手が年番方与力でも、部屋に踏みこんで懲《こ》らしめることはできる。おみよを今宵の悲劇から、とりあえずは救うこともできよう。だが、それをやれば、おまさに迷惑が掛かる。警動《けいどう》で隠し町が消えてなくなれば、春をひさいで必死に生きている女たちは稼ぐ術《すべ》を失い、さらに下の地獄へ落ちるか、飢えて野垂れ死ぬしかない。

そこまで考えたうえで、求馬は行動を起こせそうになかった。

一分金《ぶきん》をおまさに手渡し、情けない気持ちで部屋をあとにする。

おみよは今、四六見世のいずれかに籠《こ》もっているのであろうか。

「会ったところで、助けだすことはできぬ。ならば、会わぬほうがいい」

佐山の言うとおりかもしれぬ。

虚《むな》しい気持ちを抱えながら、富沢町の古着屋通りへ向かい、大小の見世が建ち並ぶ露地裏を歩きまわった。

夜はひっそりした界隈《かいわい》も、昼は大勢の人で溢れかえっている。

売りたい客と買いたい客とがひしめき合い、仲立ちとなる商人たちが手慣れた動きで膨大な古着をさばくのだ。

まるで魚河岸のようだなと、求馬はおもった。

時が経つのも忘れていると、やがて夕刻になり、暮れ六つ（午後六時）が迫ってくれば、客は潮が引いたように居なくなる。

喧噪《けんそう》の遠退《とおの》いた露地の一角には、太鼓暖簾《たいこのれん》をはためかせた睦屋があった。

忙《せわ》しなく働いていた奉公人たちも、見世の内へ引っこんでしまう。

辺りが暗くなっても離れず、物陰から見世の表口を張りこんだ。

始末しろと命じられた相手の顔を拝んでおかねばなるまい。

半刻（一時間）ほど待っていると、一挺《ちよう》の駕籠《かご》が滑りこんできた。

「出てまいりますぞ」

佐山が言ったそばから、表口に強面《こわもて》の連中が集まってくる。

優男の巳之吉もいれば、坊主頭の五輪坊もいる。

そして、太鼓腹の突きでた与平がのっそりあらわれた。

ぎょろ目で口角の下がった面相は、鯉に似ている。

極端な猪首《いくび》ゆえ、首を飛ばすのは難しそうだ。

駕籠は与平を乗せ、静かに動きだす。

巳之吉たちが肩を怒らせ、左右にしたがった。

かつては、佐山も用心棒として駕籠脇に随行したのだろう。

一行は大門《おおもん》通を北へ向かい、本町《ほんちょう》大路にぶつかったところで、通旅籠町を左手へ折れる。わざわざ駕籠を使うほどのこともない。しばらく進んだ四つ辻の手前、左手に楼閣風の『梅幸』が建っていた。

駕籠を降りた与平は、薹《とう》の立った女将《おかみ》に出迎えられる。

与平から少し遅れて、頭巾をかぶった侍が駕籠でやってきた。

供人も連れておらず、風体《ふうてい》から推すと、町奉行所の与力であろう。

「羽鳥敬吾にござりますな」

かたわらの佐山が囁いた。

そしてもうひとり、遅れてやってきた頭巾頭の侍がいる。

光沢のある絹地の着物を纏っており、身分の高い人物であろうことは容易に想像できた。

しかも、厳《いか》つい供侍《ともざむらい》をふたりも連れている。

「かなりできそうな連中ですな」

「ふむ」

どこぞの旗本か、それとも、大名家の家臣か。

調べてみる価値はありそうだなと、求馬はおもった。

六

亥ノ刻を過ぎ、素姓の知れぬ客だけが『梅幸』から出てきた。

供侍ふたりの守る駕籠は本町大路をまっすぐに進み、濠端に出ると右手に折れた。

求馬と佐山は裾を端折《はしょ》って駆け、同じように暗い濠端の道を右手へ折れる。

駕籠との間合いは、かなり詰まった。

足を止め、ほっと白い息を吐く。

二町（約二一八メートル）ほどさきにみえる灯りは、竜閑《りゅうかん》橋の手前にある番所の灯りであろうか。

神田堀に架かる竜閑橋を渡れば、そのさきは町人地のつづく鎌倉《かまくら》河岸、さらに濠端をたどって神田橋御門のさきまで行けば、大きな武家屋敷が集まる駿河台《するがだい》へ到達する。

駕籠の一行は番所の脇を通り、竜閑橋を渡りはじめた。

暗い夜空に目を凝らせば、群雲《むらくも》が蜷局《とぐろ》を巻いていた。

「嫌な空だな」

求馬たちは一定の間合いを保ちつつ、小走りに駕籠を追いかける。

竜閑橋を手前にしたところで、ふいに番所から人影があらわれた。

どう眺めても、番太郎《ばんたろう》ではない。黒紋付きを纏った月代侍である。

道のまんなかで仁王立ちになり、行く手を阻むように身構えた。

「くそっ」

あらかじめ、追っ手封じの一手が打たれてあったようだ。

「どうなされます」

駆けながら佐山に問われ、求馬は即座に応じた。

「突破だ」

駕籠を見失ってはならない。

相手の素姓を知る千載一遇《せんざいいちぐう》の好機を逃してしまう。

「ぬおっ」

大柄な佐山が突出し、求馬はあとにつづいた。

月代侍は身を沈め、しゅっと刀を抜きはなつ。

物腰から推すと、尋常ならざる手合いだ。

「邪魔をいたすな」

佐山も抜刀し、無造作に間合いを詰めた。

気を付けろと、後ろから声を掛ける暇もない。

佐山は頭から躍りこみ、やっとばかりに八相《はっそう》から斬りつける。

小手《こて》調べのつもりなのか、本気の一撃ではない。

それがまずかった。

佐山の一刀は空を切り、返しの一刀を喰らう。

——ばすっ。

左腕を斬られた。

「くっ」

蹲《うずくま》ったところへ、すかさず、留《とど》めの上段斬りが落ちてくる。

「ふん」

求馬が背後から飛びこみ、相手の一撃を十字に受けた。

——がつっ。

激しく火花が散る。

「うっ」

踏み留まったものの、凄まじい力に潰《つぶ》されかけた。

鈍色《にびいろ》に光る刃を挟んで、相手の顔がぬっと迫る。

齢《よわい》は三十のなかば、鰓《えら》の張った狐目の男だ。

涼しげな表情で、からだの重みを掛けてくる。

「ぬうっ」

鋭利な刃が鼻先まで近づいた。

南《な》無《む》三《さん》、死を覚悟した刹那《せつな》、小脇から佐山が駆け寄る。

「ぬりゃっ」

下から臑《すね》斬りを繰りだした。

と同時に、相手はふわりと宙に舞う。

何と、二間《けん》(約三・六メートル)余りも飛び退き、橋のうえに舞いおりた。

白刃を交えているあいだにも、駕籠はどんどん橋向こうへ遠退き、ゆっくりと暗闇に呑みこまれていく。

「鼠《ねずみ》ども め、追っても無駄じゃ」

鰓侍は不敵な笑みを浮かべ、一歩二歩と後退っていった。

口惜しいが、追跡はあきらめるしかない。

片膝をついた佐山のもとへ身を寄せた。

「大丈夫か」

「……こ、これしきの傷」

袖を裂いて、傷痕を確かめた。

溢れた血の量が多いわりに、それほど傷は深くない。

「待っておれ」

求馬は下げ緒《お》を使って止血し、竹筒の水で傷口を洗う。

土手下に白膠木《ぬるで》の木をみつけ、葉を何枚か毟《むし》ってきた。

白膠木の葉には、血止めの効果がある。

傷口に貼りつけると、佐山は申し訳なさそうに顔を歪《ゆが》めた。

「不覚をとりました」

「詮方あるまい」

まさか、あれほど手強《てごわ》い相手が番所に隠れているとはおもわなかった。

必要以上に警戒しているとわかれば、ますます、駕籠に乗った人物の素姓が知りたくなってくる。

「睦屋なら知っておろうな。巳之吉とかいう手代を叩けば、素姓がわかるかもしれぬ」

「なるほど、そっちをあたってみますか」

佐山はうなずき、すっと立ちあがる。

「大丈夫なのか」

「痛みなんぞ、少しも感じませぬ」

そう言いながらも、手先がぶるぶる震えている。

「武者震いでござるよ」

強い相手に出会うと、かならず震えがくるらしい。

どうやら、嘘ではなさそうだ。佐山は斬られたそばから、鯤侍との再戦をのぞんでいる。

「つぎは勝ちますよ。ええ、かならずね」

平然とうそぶく顔が頼もしい。

ただ、一方では焦りも募った。真実を見極めようとすればするほど、深みに嵌《は》まっていくような気もする。やはり、余計なことは考えず、密命を果たすことだけに集中すればよいのだろうか。

そうできぬ自分がもどかしい。

番所の灯りは消え、竜閑橋は暗闇に沈んでいる。

頬をなぶる川風は冷たく、空では群雲が暴れていた。

「殿、肩の力を抜きなされ。物事はなるようにしかなりませぬ」

佐山の言うとおりかもしれぬ。

吐きだされた重い溜息《ためいき》は、すぐに凍りついてしまった。

七

朝から冷たい雨が降っている。

昨夜、睦屋《こずる》に招かれた客の素姓が判明した。

佐山は小狡い巳之吉ではなく、酒好きの五輪坊に近づき、昼間から上等な酒を呑まして酔わせ、知りたい相手の名を吐かせたらしかった。

客の名は喜多見織部《きたみおりべ》、運上金《うんじようきん》や冥加金《みようがきん》を集めて管理する伺方《うかがいかた》の勘定組頭《かんじようくみがしら》である。城内の噂では本来であれば廃止された勘定吟味役《ぎんみやく》は確実だったであろうし、末は勘定奉行と囁かれるほどの切れ者らしい。

「さような御仁が、古着屋惣代と裏で通じておろうとは」

佐山の嘆くとおりだ。睦屋与平は古着屋がもたらす運上金のとりまとめ役であり、運上金を徴収する立場の役人が宴席に顔を出すのはもってのほか、発覚すれば御役御免《おやくごめん》は免れない。危険を冒してでも招きに応じたとすれば、法外な賄賂《まいない》が渡っているものと考えるべきだろう。

「年番方与力の羽鳥敬吾と勘定組頭の喜多見織部。このふたりを手懐《てなず》けておけば、捕まる恐れもなければ、運上金のごまかしもお手のもの。惣代の睦屋にとってはたしかに、やりたい放題でしょうな」

達観したような佐山のことばを、求馬は口惜しいおもいで聞いた。

睦屋与平ひとりを斬っても、裏で甘い汁を吸う悪人どもは裁けない。新たな与平が出てくれば、古着屋一帯は悪事の温床《おんしょう》として存続するのではあるまいか。そうした疑念を橘主水にぶつけたかったが、聞く耳を持たないことはわかっている。

求馬は迷ったあげく、室井作兵衛の意見を拝聴しようとおもった。何しろ、御城に出仕する以前は、室井から困難な密命を課されていたからだ。ところが、不忍池《しのばずのいけ》北端の秋元家下屋敷を訪ねてみると、体《てい》よく門前払いにされた。やはり、自分の手を離れた以上、口出しはせぬと決めているのだろう。

ともあれ、残された猶予は明日一日しかない。

しょぼくれたすがたで御納戸町の屋敷へ戻ってくると、志乃が勝ち誇った顔で待ちかまえていた。

「密命の筋が読めたぞ」

意外な台詞《せりふ》を漏らすので、求馬はさっそく説明を求める。

「はなしの前に、頼んでおったものは」

「買ってまいりましたよ。『文麟堂《ぶんりんどう》』の豆大福」

「ならば、豆大福でも食べながら、はなすとしよう」

志乃はみずから茶を淹《い》れ、部屋に運んできてくれた。

熱い茶をずずっと啜り、笹から外した豆大福を食う。

「いかがです」

「ふむ、甘すぎぬところがよいな」

「評判になるだけのことはありますね」

甘いものに目がないところは、何処にでもいそうな若い娘と変わらない。

志乃は唇《くち》もとに餡子《あんこ》を付けながら、羽鳥敬吾と喜多見織部の名を口走った。

「どうして、ご存じなのですか」

「室井さまに伺ったのよ」

「えっ、お会いになったのですか」

「どれだけ忙しかろうとも、わたしが訪ねていけば会っていただける。おぬしに課された密命の中身を告げたら、室井さまなりに筋を描いてくださったわ」

狸爺めと内心で悪態を吐きながらも、顔には出さずにおいた。余計なことを喋って志乃に臍《へそ》を曲げられたら、宥《なだ》めるのにひと苦労せねばならぬからだ。

「古着屋の集まる富沢町界隈は、盗人どもが身を隠すのに適した森のようなものだと、室井さまは仰った」

「たしかに、そうかもしれませぬな」

「但馬守さまは以前から、古着屋一帯が悪事の温床となっていることを嘆いておられたらしい」

どうにか古着屋一帯を刷新《さっしん》しようと、折に触れては町奉行所にはたらきかけてきたのだという。

「刷新にござりますか」

「さよう」

手始めに金貸し業を止《や》めさせようとしたが、古着屋惣代と町奉行の双方から猛反発を喰らった。幕初から金貸し業は暗黙の了解で認められており、止めさせてしまえば貸すほうも借りるほうも困り果て、貧乏人たちが騒ぎを起こしかねない。かえって藪蛇《やぶへび》になるとの言い分らしかった。

それでも秋元但馬守はあきらめず、幕府肝煎《きもい》りの人物を新たな惣代に就け、町奉行所が直々《じきじき》に古着屋を支配する仕組みに変えてはどうかと、評議の場で私見を述べた。古着屋同士を公平に競わせ、不浄役人への賄賂を禁じて癒着《ゆちゃく》を断つ。それによって、悪党どもを一掃するという内容である。

「すると、おもいもよらぬ身内から反論されたそうだ」

みずからの存念を滔々《とうとう》と述べたのは、勘定奉行の荻原近江守重秀《おぎわらおうみのかみしげひで》であった。毎年、古着屋からあがってくる運上金は莫迦にならぬ額で、刷新に踏みこめば虎の子の運上金が丸ごと消えてなくなるというのだ。

近江守は貨幣の改鋳《かいちゆう》によって幕府に莫大な余剰金をもたらした立役者、綱吉や桂昌院《けいしょういん》がやりたい放題に寺社の開基《かいき》や改修をおこなうことができるのも、すべて近江守のおかげだと、幕閣の誰もがおもっている。

御金蔵の鍵を握る勘定奉行の意見は、さすがの老中も無視できない。

「それゆえ、しばらくは静観することに決したのだとか」

静観するとは、何ひとつ変えぬということだ。格下の近江守に言いくるめられたかたちになり、但馬守は忸怩《じくじ》たるおもいを抱いたにちがいない。

そうなれば表ではなく、裏で動くしかなかろう。

ところが、橘主水に睦屋与平殺しを命じたのは、但馬守ではなかった。

「ならば、密命の出所は何処なのでしょう」

「室井さまも、そこまではわからぬそうだ」

但馬守ではないとすれば、老中首座の阿部《あべ》豊後守《ぶんごのかみ》正武《まさたけ》であろうか。側用人の柳沢美濃守吉保か、ことによったら綱吉本人かもしれない。あるいは、橘がさまざまな情況を踏まえて、みずから判断しているとも考えられた。

「それだけのお力をお持ちなのだ、橘さまというお方は」

ここからさきは室井の描いた見立てだが、睦屋与平を消すことは癒着している連中への強烈な脅しにはなるという。

たとえば、裏の繋がりを疑われた年番方与力の羽鳥と勘定組頭の喜多見は針の筵《むしろ》に座らされようし、癒着の証し立てができれば、御役御免《おやくごめん》のうえ切腹といった結末になることもあながち否定はできない。

「北町奉行の保田越前守《やすだえちぜんのかみ》さまとて、隠居を余儀なくされるかもしれぬ。立ちまわりの上手な荻原近江守さまはおそらく責を逃れようが、当面はおとなしくならざるを得ず、うるさい連中がいなくなった間隙《かんげき》を衝《つ》けば、古着屋一帯の大掃除をおこなうことも容易となろう」

室井の臆測は、充分に納得できるものだ。

「要するに、こたびの密命は但馬守さまのご意思とも合致すると」

「まさにな。それゆえ、睦屋与平を消すことには一片の躊躇《ためら》いもいらぬと、室井さまは言いきっておられたぞ」

「ふうむ、さようでしたか」

「まあ、下々の者があれこれ臆測してもはじまらぬ。おぬしは淡々と、課された密命を果たせばよいのだ」

「淡々と」

それができれば、苦労はいらぬ。

志乃のあっさりした性分が羨ましいと、求馬はあらためておもった。

八

昨日は志乃のはなしを聞いたあと、御城に出仕して夕餉の毒味御用に就き、宿直をやって今日も夕刻まで御役目に勤しんだ。

「今宵こそは」

肚《はら》を括《くく》らねばならない。

この手で睦屋与平に引導を渡すのだ。

御納戸町の屋敷に帰っても口数は少なく、志乃もそれと察したのか、自分からはなしかけてはこなかった。

暗くなってから外へ出ると、冷たい雨が降っている。

「居場所がわかりましたぞ」

佐山が濡れた顔を近づけ、冷静な口調で囁いた。

睦屋与平は仲間内の寄合で、今宵も『梅幸』へ向かったという。

帰路の途上で待ちぶせし、一気に片を付けようと、求馬はおもった。

「傷はどうだ」

「なあに、たいした傷ではござらぬ」

佐山はそう言いながら、ぐるんと左肩をまわす。途端に顔を歪めたが、耐えがたいほどの痛みではないらしい。

ふたりは肩を並べて露地を抜け、浄瑠璃坂を下りていく。

途中で雨は止んだが、暗い空には黒雲が垂れこめていた。

「温石《おんじやく》が欲しゅうござる」

佐山は掌を合わせ、白い息を吐きかける。

日本橋までは市ケ谷《いちがや》御門から番町《ばんちよう》の屋敷町を突っ切り、九段《くだん》坂から駿河台へ抜け、濠端の鎌倉河岸に沿って進む。

勘定組頭を尾行した道筋とは逆をたどり、竜閑橋を渡っていくのだ。

手強い鰓侍の素姓は、まだわからない。少なくとも、喜多見織部の配下や用人にそれらしき者はみつけられなかった。

「五輪坊も知らぬようでござる」

あれだけの力量を持つ剣客が誰の指図で動いているのか、是非とも知っておきたかったが、今は密命を果たすことに集中するしかない。

気づいてみれば、竜閑橋を渡っている。

増水した川は真っ黒で、黒い水は橋桁《はしげた》を嘗《な》めるようにもんどり打っていた。

神田堀は市中を流れるあいだに藍染《あいぞめ》川と名を変え、小伝馬町《こてんまちょう》の牢屋敷脇から橋本町《はしもとちょう》へ達する。橋本町でかくんと南東に折れ、浜町堀となって大川《おおかわ》の三つ股へ注ぐのである。

橋を渡ったさきにある番所の灯りが揺れていた。佐山が番所を訪ねても、老いた橋番は鯢侍のことを何ひとつ知らなかったらしい。暖《だん》を取りたいと頼まれたので、温石を貸してやっただけであったという。しかも、橋番は居眠りでもしていたのか、すぐそばで剣戟《けんげき》があったことすら気づいていなかった。

ふたりは濠端を進んで右手に折れ、足早に本町大路を進んでいった。

江戸でもっとも賑《にぎ》やかな目抜き通りのはずだが、寒さゆえか人影はまばらだ。

本町三丁目の薬種問屋《やくしゅどんや》町を通過し、大伝馬町《おおでんまちょう》から通旅籠町へ差しかかる。

ぽつぽつと、また雨が降ってきた。

「雪になるかもしれませぬな」

それほど寒い。

ふたりは顔を顰《しか》め、大きく軒の張りだした屋敷の陰に身を隠す。

煙るように降る雨の向こうには、楼閣風の料理茶屋が建っていた。

軒行燈に照らされた二階座敷では、賑やかな宴席が催されている。凍えながら待つ時間が長ければ、それだけ的となる相手への怒りも増そうというものだ。が、情に左右されてはならない。怒りを殺し、淡々とやるべきことをやる。それ以外に人斬りという困難な密命を果たす術はなかろう。

足踏みをしながら、二刻（四時間）ほど待ちつづけた。

——ごおん。

雨中に響いているのは、亥ノ刻を報《しら》せる石町《こくちょう》の鐘音だ。

「そろりと、おひらきでござるな」

佐山が白い息で囁きかけてくる。

表口が騒がしくなり、恰幅《かっぷく》のよい古着屋の主人たちがあらわれた。

ほとんどの連中は駕籠を使わず、何人かずつ連れだって富沢町まで歩きはじめる。借りた番傘を翳《かざ》す者もあったが、雨はそれほど強くもない。むしろ風のほうが出てきたので、かえって傘は邪魔かもしれなかった。

睦屋与平は最後にひとり遅れて登場し、女将に導かれて駕籠に乗りこんだ。駕籠脇にはいつもどおり、優男の巳之吉と禿頭の五輪坊が従いている。

「まいりましょう」

大路を進んできた駕籠の一行をやり過ごし、求馬は佐山の先導で歩きだす。すぐさきの四ツ辻を右に折れたところで追いつき、引導を渡してやろうとおもった。巳之吉と五輪坊が邪魔をするようなら、ふたりともあの世へ逝ってもらうしかない。

駕籠は四ツ辻を右に折れた。

求馬と佐山は裾を端折《はしょ》って追いかける。

「ぎゃっ」

鋭い悲鳴が聞こえてきた。

四ツ辻を曲がると、往来のまんなかで駕籠が横倒しになっている。

巳之吉も五輪坊も駕籠かきもおらず、屍骸がひとつ転がっていた。

「ちっ」

佐山は舌打ちし、暗い横道のほうへ駆けていった。

求馬はふらつく足取りで、屍骸のそばに近づく。

まちがいない、睦屋与平であった。

眸子を瞠り、驚いたような顔で死んでいる。

鋭い刃物で喉笛を掻っ切られたらしく、裂けた切り口から流れる生温かい血が湯気を立ちのぼらせていた。

「なんてこった」

茫然《ぼうぜん》自失《じしつ》の体で佇《たたず》むしかない。

しばらくすると、佐山が戻ってきた。

「見逃しました。睦屋を殺《や》ったのは、乾分《こぶん》どもにまちがいありませぬ」

「何故だ」

「誰かにそそのかされたのでしょう」

いったい、誰にそそのかされたというのか。

「口封じならば、町奉行所の年番方が裏で動いたのかもしれませぬ。あるいは、件《くだん》の鰓侍が関わっておるのかも。どっちにしろ、本人たちに聞いてみぬことにはわかりませぬな」

「できようか」

「巳之吉や五輪坊の行方を捜すことは吝《やぶさ》かではござらぬ。ただし、この件に深入りしてよいものかどうか」

「ん、どういうことだ」

求馬は自分でも驚くほど眸子を剝き、佐山を睨みつけた。

「お気持ちはわかりますが、睦屋があの世へ逝った以上、殿が関わる理由もなくなったのではないかと」

「本気で申しておるのか」

中途半端に切りあげることを、求馬はもっとも嫌う。密命を果たせなかったとなれば、なおのことだ。

「やはり、裏のからくりを解きたいと仰る」

「あたりまえだ」

「深みに嵌《は》まるかもしれませぬぞ」

「もとより、覚悟のうえ」

まことの悪党を炙《あぶ》りだし、引導を渡してやるのだ。

「相手が幕府の役人でも、引導を渡すのですか」

「渡してやる。役人ならば、なおさらな」

橘主水に命じられずとも、求馬はみずからの判断でやらねばならぬとおもった。そうでなければ、鬼役になった意味はない。意地でもやり遂げるのだと、求馬は胸中につぶやいた。

空をみあげれば、ちらちらと白いものが落ちてくる。

「初雪にござるな」

風情の欠片《かけら》もない初雪だ。

古着屋惣代の屍骸にも、白いものが舞いおりていく。

求馬はぶるっと身震いし、襟元をきつく引きよせた。

九

翌朝。

明け方から、霙《みぞれ》交じりの雪が降っている。

爪先も凍るほどの寒さにもかかわらず、回向院《えこういん》そばの垢離場《こりば》は大勢の見物人で埋め尽くされた。

目の高さに台座が設《しつら》えられ、坊主頭の生首がひとつ晒《さら》されたのだ。

求馬は佐山に誘われ、両国橋《りょうごくばし》を渡ってきた。

垢離場はさながら、賽《さい》の河原《かわら》と化している。

捨て札には「主人を殺めし極悪人」とあった。

睦屋与平の用心棒、五輪坊の首なのだ。

誰が晒したのかもわからない。すぐに撤去されるべきなのに、いっこうに町奉行所の捕り方はあらわれなかった。

目的は古着を扱う連中への見懲《みこ》らしなのか。

妙だなとおもったのは、求馬だけではない。

「北町奉行所の年番方が関わっているのかもしれませんな」

と、佐山が囁いた。

「羽鳥敬吾か」

たしかに、羽鳥が睦屋殺しに関わった公算は大きい。巳之吉と五輪坊を手懐けて主人を裏切らせ、汚れ仕事をやらせたあとに口を封じたのだ。

求馬は生首を睨み、首をかしげた。

「そもそも、睦屋を消そうとした理由は何だとおもう」

「腐れ縁を断つ潮時と判断したのでござりましょう」

佐山の言うとおりだとすれば、原因をつくったのは自分たちかもしれないと、求馬はおもった。

こちらの探索を警戒し、羽鳥は先手を打ったのだ。

もちろん、勘定組頭の喜多見織部と相談のうえでやったことだろう。

睦屋は拐《かどわ》かされて責め苦にあったら、まちがいなく口を割る。それを恐れたにちがいない。

「なるほど、睦屋与平は重宝《ちょうほう》な男で、莫大な賄賂も手に入れられる。されど、欲を掻いて身の破滅になっては元も子もない。ならばいっそ、自分たちの手で始末してしまおうと考えたのでござりましょう」

佐山の描く筋は大きく外れてはおるまい。狡猾《こうかつ》な悪党は臆病さも兼ねそなえている。臆病さゆえに、生きのびることができるのだ。

「手を下したのは、鰓侍か」

「ええ、おそらくは。鈍い五輪坊は逃げきれなかった。されど、すばしこい巳之吉は逃げのびたのかもしれませぬ」

巳之吉を捜して聞きだせば、真相はあきらかになろう。

生きていてほしいと願いつつ、求馬は人垣に目をやった。

「ん」

十五、六の娘がひとり、蒼白《そうはく》な顔で震えている。

娘の顔には、みおぼえがあった。

名はたしか、おみよ。

長介という経師屋の娘だ。借金のかたにされ、巳之吉たちが連れ去った。赤坂氷川明神裏の隠し町に売られたはずの娘が、何故か人垣のなかに紛れ、五輪坊の生首をみつめている。

眼差しを感じたのか、おみよはこちらに背を向けた。

髪を濡らしたまま、急いで垢離場から離れていく。

「追いかけましょう」

佐山も気づいていた。

一定の間合いを開け、娘の痩せた背中を追いかける。

おみよは俯《うつむ》きながら小走りになり、竪川《たてかわ》に架かる一ツ目之橋《ひとつめのはし》を渡った。さらに、六間堀《ろっけん》に架かる山城橋《やましろ》を渡り、弥勒寺《みろくじ》のほうへ向かう。そして、弥勒寺の門前を通過し、五間堀《ごけん》に架かる弥勒寺橋をも渡り、北森下町《きたもりしたちょう》の露地裏へ達したところで足を止めた。

左右をみまわし、誰もいないことを確かめてから、露地裏に踏みこむ。

「見逃すな」

求馬と佐山も泥跳《は》ねを飛ばして追いかけた。

露地裏のさきには、朽ちかけた棟割長屋がある。

どうやら、おみよが潜んでいるところのようだった。

求馬は佐山と顔を見合わせ、木戸の内へ踏みこんだ。

泥濘《ぬかる》みにできたばかりの足跡をたどると、奥の部屋まで繋がっている。

寒さのせいか、外に出ている人影もない。

戸際まで足音を忍ばせて近づいた。

佐山が前触れもなく、襖障子を開ける。

「ひゃっ」

おみよが叫んだ。

と同時に、褥から男が素早く身を起こす。

「巳之吉か」

佐山が問うた。

顔見知りだが、巳之吉は警戒を解かない。

目の下に隈《くま》をつくった顔が痛々しかった。

おそらく、刀傷を負っているのだろう。

「怪我をしておるようだな」

「うるせえ」

枕元には、水差しやお粥《かゆ》が置いてある。

「巳之吉よ、その娘に世話をさせておるのか」

「ふん、あんたにゃ関わりねえ。それより、何か用か」

「昨晩のことを聞きたくてな」

「聞いてどうする。腐れ与力に小金でもせびるのか。ふふ、おれの首を持っていけば、羽鳥は喜ぶだろうぜ」

「羽鳥敬吾の指図で与平を殺《や》ったのか」

「ああ、拾ってもらった恩を仇《あだ》で返《け》えしたってわけだ。睦屋与平の後釜《あとがま》に据えてやると言われてな。ふん、甘えはなしに乗ったおれが莫迦だったぜ」

「たしかに、おぬしは莫迦だ。されど、運がある。こうして、まだ生きておるのだからな」

巳之吉はほっと溜息を吐き、握っていた匕首を床に抛《ほう》った。

「じたばたしてもはじまらねえ。殺りたきゃ、ひとおもいに殺ってくれ」

「そんな気はない」

「なら、どうするってんだ」

巳之吉は吐き捨て、こちらに目をくれた。

「佐山さん、あんたの後ろに立ってんのは誰だ」

「誰かは言わぬ。されど、年番方与力や勘定組頭とは相容《あいい》れぬお方だ。いいや、もっと言えば、そやつら悪人どもを裁こうとしておられるお方だ」

巳之吉は驚いた顔をする。

「ひょっとして、公儀《こうぎ》の隠し目付《めつけ》か。だったら、正直にぜんぶ喋ったら、ばっさり殺られるかもしれねえな」

「そんなことはせぬ。約束する。巳之吉よ、わしは秘かにおぬしを買っておったのだ。まことは、弱い者苛めが嫌いなこともわかっていた。睦屋は双親《ふたおや》の顔も知らぬおぬしを拾い、小悪党に仕立てあげようとした。おぬしは拾ってもらったことを恩に感じ、嫌なことも我慢しながら尽くしてきた。なあ、そうなんだろう。ところが、おぬしはほとほと、汚れ仕事に嫌気が差した。そうしたやさき、羽鳥に甘いことばを囁かれたのではないのか」

佐山にたたみかけられ、巳之吉はむっつり黙りこむ。

大筋のところは外していないようだ。

「睦屋の旦那にゃ愛想《あいそ》が尽きていた。でも、殺る気はなかったんだ。殺ったことにして逃がそうともおもったが、そんなことはできるはずもねえ。匕首《あいくち》を抜いたら終わりなのさ、相手が誰だろうとな」

「わからぬのは、その娘だ。おぬしに恨みを持っているはずなのに、どうして世話をしておるのか」

「おみよは、湯島《ゆしま》にある羽鳥の隠れ屋敷に囲われていたのさ」

昨晩、睦屋与平を殺めたその足で、巳之吉と五輪坊は隠れ屋敷へ向かった。色よい返事を貰えるとおもったら、羽鳥は爪を研いで待っていたのだという。

「手下が十人近くいやがった。それでも、おれたちは必死に抗《あらが》った。五輪坊のやつはたぶん、三人くれえは殺ったはずだ。でも、あの野郎にゃ敵《かな》わなかった」

「あの野郎とは」

「稲城軍兵衛《いなぎぐんべえ》さ」

「もしや、鰓の張った狐目の侍か」

「そうだ、稲城は死に神さ。あいつに狙われたら、まず助からねえとおもったほうがいい」

「どういう素姓の男なのだ」

「詳しくは知らねえ。でも、飼い主は身分の高《たけ》えお方だ。羽鳥や喜多見も頭があがらねえほどのな」

巳之吉のほうが、稲城からさきに胸を斬られた。助っ人にはいった五輪坊が派手に暴れている隙に、裏庭を突っ切って必死に逃げたのだという。

「裏木戸からおれを逃がしてくれたのは、おみよだ。何で助けてくれたのかあとで聞いたら、羽鳥のところへ行かされるまえに、旨《うめ》え飯を腹いっぱい食わせてくれたからだと言った。そいつを聞いて、おれは涙が止まらなくなった。こんなに優しい娘に、おれは何てことをしちまったんだとおもい、頭《こうべ》を垂れるしかなかった」

巳之吉はおみよといっしょに逃げ、隠れ家に使っていた裏長屋へ身を隠した。眠れずに朝を迎えると、回向院の垢離場に坊主頭の生首が晒されたという噂が聞こえてきた。

「おみよを確かめにやらせたら、あんたらがくっついてきたってわけだ」

「五輪坊は残念だったな」

「あいつとは長《なげ》えつきあいだ」

ぐすっと、巳之吉は洟水《はなみず》を啜《すす》る。

佐山は厳しい口調で言った。

「羽鳥は廻り方の同心どもに指示を繰りだし、草の根を分けてでもおぬしを捜しだそうとするはずだ」

「わかってらあ。みつかったときは、それまでのはなしさ」

「おみよはどうする」

「酷《ひで》え目に遭わせたおいらを、おみよは救ってくれた。できるもんなら、恩返しがしてえ。でもよ、おみよもみつかりゃお陀仏《だぶつ》だ。ひとりだけ逃すこともできねえ。おれたちはもう、一蓮托生《いちれんたくしょう》なんだよ」

佐山は黙り、代わりに求馬が問いを発した。

「巳之吉、命を救ってやると言ったらどうする」

「えっ」

「改心する気はあるか」

「あんた、助けてくれるってのか」

「改心すると、今ここで約束するならな。少なくとも、おみよは死なせぬ」

巳之吉は褥から床に移り、深々と頭をさげた。

額が擦りむけるほど床にこすりつけ、両肩を震わせる。

「お願えしやす。おみよの命だけでも助けてやってくだせえ」

本気の気持ちが伝わらぬはずはない。

おみよは膝を寄せ、泣きながら巳之吉の肩を抱いた。

安請け合いをしてもよいのですかと、佐山が目顔で聞いてくる。

求馬は興奮のせいか顔を赤く染め、しっかりうなずいてみせた。

十

二日後、大和屋《やまと》善右衛門《ぜんえもん》なる新興の古着屋が、睦屋与平の後釜に据えられた。巳之吉に言わせれば「善人面をした小悪党」で、羽鳥敬吾の意向でどうにでもなるお飾りにすぎぬという。ただし、目端は利く男なので、反発する古着屋があれば即座に密告され、あらぬ罪を着せられて罰せられるにちがいない。それを恐れて、古株の連中もおとなしく従わざるを得なくなるだろうとのことだった。

睦屋与平の頃よりも惣代の権限は狭められ、すべては羽鳥のおもいのままになる公算が大きい。ひょっとしたら、睦屋から大和屋への首の挿《す》げ替えは、かなり以前から画策されていたのではあるまいかと、求馬は疑った。

「今まで以上に富沢町から甘い汁を吸いあげるつもりでしょうな」

佐山も怒りを抑えきれない様子だった。

睦屋はたしかに悪徳商人であったが、ほんとうに裁かれねばならぬのは背後で操っていた連中なのだ。ところが、真の悪党は身分や地位の壁に守られ、あいかわらず左団扇《うちわ》でふんぞり返っている。

一方で力の無い弱い者たちは、泣き寝入りを余儀なくされていた。たとえば、おみよがよい例だ。市井《しせい》でつましく暮らす十五の娘が何故、悪人どもから食い物にされねばならぬのか。理不尽な世の中を少しでも変えたいと願うなら、権力の側に潜む悪の根を断たねばなるまい。

だが、幕府の要職にある連中を始末するのは容易なはなしではなかった。

得手勝手に成敗すれば、人斬りとみなされても文句は言えない。

求馬は何とか、橘主水から密命を賜りたいと願っていた。

そうした切実なおもいを察したかのように、公人朝夕人《くにんちょうじゃくにん》の伝右衛門が橘の言《こと》伝《づて》を携えてきた。

御城内中奥で夕餉の毒味御用を終え、御膳所裏の厠へおもむいたときのことだ。

「的は消えた。これ以上は深入りするなとの仰せだ」

暗がりから聞こえる囁きには、苛立《いらだ》ちのようなものが感じられた。

求馬は当然のごとく、納得できない。

「町奉行所の年番方与力ともあろう者が、古着屋惣代と通じて私腹を肥やしてきた。年番方与力だけではない。勘定組頭も同様に甘い汁を吸いつづけたのだ。それを黙って見過ごせと申すのか」

「両者とも、悪事を裁く側に座っておる。何年も無事に座りつづけてきた理由がわかるか。さらに上の連中を巧みに取りこんでおるからだ。それもまた、幕府に仕える役人の身過ぎ世過ぎ、悪事の確乎《かっこ》とした証しでも立てぬかぎり、裁きを下すことはできぬ」

「橘さまは何処までご存じなのだ」

「おぬしが知っている程度のことは、すべてご存じだろうな」

「わかっていながら、獅子身中《しししんちゅう》の虫《むし》どもをのさばらせておくのか」

「勝手に奔《はし》るなということだ」

できぬ。少なくとも、探索を止めることはできぬ。

小便の臭いに鼻を衝かれ、求馬は顔を顰《しか》めた。

ひょいと、伝右衛門が顔を覗かせる。

「おぬし、何様なのだ」

「えっ」

「御城詰めになって、勘違いしておるのではなかろうな」

「勘違いとは」

「おぬしは、橘さまの密命を果たすために鬼役となった。いわば、将棋の駒にすぎぬ。おぬしに自分の意思はないのだ。そのことを肝に銘じておけ」

「ふん」

ずいぶん他人行儀な物言いではないか。

求馬は口を尖《とが》らせ、伝右衛門を睨みつけた。

「文句でもあるのか」

「いいや」

伝右衛門は口調を変える。

「わしはな、おぬしのことを案じておるのだ。橘さまは厳しいお方、意のままにならぬ配下は容赦なく切り捨てる。御役御免にされたら、路頭に迷うしかなくなるのだぞ」

そのときはそのとき、求馬はみずからの信念にしたがって動くしかないとおもっている。

ふっと、伝右衛門は笑った。

「折れたくないようだな。ま、こうなることはわかっておったさ。そこがおぬしの弱点でもあり、美点でもある」

「ならば、教えてくれ。鰓侍の素姓だ」

「あやつは甲源一刀流《こうげんいっとう》の手練《てだれ》ゆえ、たしかに、おぬしの行く手に立ちはだかる壁となろうな」

やはり、伝右衛門は鰓侍の素姓を知っているのだ。

「知らぬはずがなかろう。ただし、あやつの素姓を知ったら、おぬしに迷いが生じるかもしれぬ」

「何の迷いだ」

「あやつを斬るべきかどうか、迷うのであれば素姓を知らぬほうがよい。わずかな感情の揺らぎが、死を招くことになろうからな」

求馬は頭を垂れた。

「頼む、教えてくれ」

わずかな沈黙のあと、伝右衛門は暗がりにすがたを隠す。

そして、声だけが聞こえてきた。

「六義園《りくぎえん》に関わりがあるとだけ申しておこう」

六義園と言えば、所有者は柳沢美濃守にほかならない。

「柳沢さまの配下なのか」

「これ以上は教えられぬ。されど、深入りするなと言われた理由が少しはわかったであろう」

「いいや、わからぬ。悪事の証しを立てればよいだけのはなしではないか」

「ふん、石頭め」

事はそう単純ではない。悪事の証しが立ったとしても、連中に腹を切らせてはならぬと、伝右衛門は言う。

「腹を切るには、それなりの理由が要るからな」

まことの理由が外に漏れれば、幕府の威信に疵《きず》がつく。

「そうなると、残る手はひとつ」

暗殺である。

しかも、失敗《しく》じることは許されなかった。

「年番方を殺れば、鰓侍が出張《でば》ってこよう。鰓侍との勝負に勝たねば、勘定組頭のもとへはたどりつけぬ。おぬしにできるのか」

できるかどうかは、やってみなければわからない。

「五分五分の賭けができぬゆえ、橘さまは深入りするなと命じておられるのだ」

「おぬしはどうなのだ」

「わしの意思なんぞ、どうでもよい。芥《あくた》のようなものゆえな」

「そうはいかぬ。おぬしも本音では、きゃつらを許せぬのであろう」

最後の問いかけに、返事はない。

御膳所のほうから、小納戸役の気配が近づいてくる。

求馬は厠に背を向け、俯きながら控え部屋に戻っていった。

十一

おみよが捕まった。

あれほど父親のもとには戻るなと言っておいたのに、心配になって浜町河岸の裏長屋へ様子を窺いに戻ったところで、待ちぶせしていた岡っ引きに捕まったのだ。

岡っ引きは廻り方の同心に指図され、同心は年番方与力の羽鳥に命じられていた。父親の長介は昼の日中から呑んだくれており、おみよが真夜中に忍び足で部屋を訪ねたときは鼾《いびき》を掻いていたらしい。一部始終を眺めていた長屋の連中によれば、おみよが縄を打たれても、長介は何も知らずに寝惚《ねぼ》けていたという。

求馬は宿直明けで帰路についてから、そのことを佐山に知らされた。

巳之吉が弾《はじ》けるのではないかと案じたが、金瘡《きんそう》が悪化して褥から起きあがることもできぬという。

「どうなされます」

おみよを救いに行かねばなるまい。

日没を待って、ふたりは湯島へ向かった。

羽鳥の隠れ屋敷が何処にあるかは、佐山のほうで調べてある。

「湯島天神北の切通《きりどおし》にござります」

切通の坂下に、目立たぬように建っているらしい。

めずらしく、夜空に雲はない。月の出は遅いものの、星々が瞬《またた》いていた。

じめじめした切通にたどりついてみると、黒板塀に囲まれた仕舞屋《しもたや》風の平屋が建っている。どうやら大和屋善右衛門の持ち物らしく、羽鳥が悋気《りんき》の強い妻女に内緒で妾《めかけ》を囲っておく屋敷に使っていた。

ところが、今や、屋敷は悪党の巣窟《そうくつ》と化しているようだった。五輪坊が斬られたのは裏庭の片隅で、巳之吉によれば、奥行きは広く、母屋《おもや》には部屋がいくつもあり、羽鳥は配下の不浄役人ではなく、汚れ仕事を請けおう食い詰め浪人を何人も屯《たむろ》させているという。

浪人たちを束ねているのが、稲城軍兵衛という鯢侍なのだ。

「稲城なる者、柳沢さまの子飼いなのでしょうか。まことのはなしなら、ちと厄《やっ》介《かい》でござるな」

佐山が心配するのはよくわかる。柳沢吉保は公方綱吉が誰よりも信頼をおく側用人であった。稲城が子飼いだとすれば、敵対するのは避けたいところだし、斬れば波風が立ち、橘にも迷惑が掛かるにちがいない。

それでも、求馬は刀を交えようと決めていた。

いかなる理由があろうとも、奸佞《かんねい》の臣《しん》を守ろうとする輩は除かねばならない。

「殿は何故に、そこまで熱くなられるのです」

熱くなどなってはいない。むしろ、冷めている。

悪党を裁くのに、身分の高低は関わりない。身分が高い者の悪事こそが断罪されるべきなのだ。そうでなければ、世間にしめしがつかぬ。世間にしめしがつかぬ政《まつりごと》は、まっとうとは言えない。二十年余りも幕政の頂点に座る綱吉ならば、そのくらいはわきまえてしかるべきではないか。

根底には綱吉への強い不満がある。

邪智《じゃち》奸佞の輩を許すべからずと、求馬は胸中につぶやいた。

ただし、今やるべきことはひとつしかない。

「何としてでも、おみよを救わねばならぬ」

「さようですな」

おみよを救えるかどうかに、求馬は自分の命運をかけようとおもっていた。

まんがいち救えなければ、鬼役として隠密家業をつづけられぬ。そこまでの覚悟を決め、強敵に挑もうとしているのである。

佐山にもどうやら、覚悟のほどは伝わったようだ。

「何か策はござりますか」

「ない」

いつもどおり、真正面からぶつかる以外になかろう。

「かしこまりました。されば、殿は裏手へおまわりくだされ」

佐山はそう言い、腰の刀を抜くや、眼前の竹垣をまっぷたつにした。

そして、手頃な長さの竹槍に仕上げて持ち、戸口の前へ進みでる。

「それがしが踏みこんだら、殿は隙をみておみよを救ってくだされ」

「ふむ、わかった」

心強い佐山を表口に残し、求馬は脇道から裏手へまわる。

垣根の狭間から、まんまと裏庭へ忍びこむことができた。

縁側へ近づき、母屋のほうに耳をかたむける。

片隅の部屋から、娘の泣き声が聞こえてきた。

おみよだ。

求馬は意を決し、廊下にあがりかけた。

と、同時に、表口が騒がしくなる。

「ぬわああ」

佐山が板戸を蹴破り、踏みこんだのであろう。

部屋の襖が開き、羽鳥が飛びだしてきた。

廊下の端では、浪人が叫んでいる。

「羽鳥さま、くせものにござります」

剣戟の音も聞こえてきた。

浪人どもを相手取り、佐山が派手に暴れているのだ。

羽鳥は刀を帯に差し、急いで表口へ向かった。

求馬は襖の隙間から、部屋の内へ忍びこむ。

「あっ」

おみよのそばに、町人がひとり立っていた。

新たに古着屋惣代となった大和屋にちがいない。

求馬は大股で身を寄せ、大和屋に当て身を喰らわせた。

「うっ」

狼狽《うろた》えるおみよを立たせ、背中に庇《かば》いながら廊下へ出る。

無精髭《ぶしょうひげ》の浪人と、五間（約九メートル）ほどの間合いで目が合った。

「あっ、こっちにもくせものが」

素早く近づき、抜き打ちの一刀で眉間を割る。

頽《くずお》れた相手は死んでいない。

峰打ちで仕留めたのだ。

そこへ、羽鳥が浪人ともども押しかえされてくる。

求馬とおみよを目に留め、口をへの字に曲げた。

「何じゃ、おぬしは。その娘をどうする気だ」

「色狂いの与力から助けだす」

「何だと。そんなことをして、ただで済むとおもうておるのか」

「それはこっちの台詞だ。おのれの地位を利用して、おぬしは弱い者苛めを繰りかえし、私腹を肥やしつづけてきた。その罪は万死に値する」

「ふん、誰ぞに命じられてきたのか」

「いいや」

「妙な男だな。で、どうする気だ」

「おぬしを成敗する」

「ふほっ、わるいことは言わぬ、鉾《ほこ》を納めよ」

浪人がひとり、面を打たれて庭に落ちた。

躙《にじ》りよった佐山が、廊下の隅までやってくる。

「殿、まいりましたぞ」

「おう」

白刃を構える浪人は三人、羽鳥も入れれば、敵はまだ四人残っていた。

いつのまにか、低い空に月が出ている。

仄《ほの》かに赤い月の光が、庭先に細い人影を照らしだした。

「あっ」

おみよが叫ぶ。

庭に忍んできたのは、巳之吉にほかならない。

蒼白な顔で、足を引きずりながら近づいてくる。

おみよが縁側から飛びおり、巳之吉のもとへ駆け寄った。

それと入れちがいに、部屋のなかから大和屋が顔を出す。

当て身を喰らった腹を痛そうに擦《さす》り、庭先を睨みつけた。

何と、右手には短筒《たんづつ》を握っている。

「二連発だぞ、死ね」

「危ない」

乾いた筒音が響いた。

巳之吉が咄嗟《とっさ》におみよを庇う。

つぎの瞬間、左胸を撃たれた。

「ざまあみろ、飛び道具にはかなうまい」

大和屋は短筒をかたむけ、求馬のほうに照準を合わせる。

「まだ一発残っておるぞ」

「ぬおっ」

掛け声の主は、佐山だ。

廊下の端から、おもいきり竹槍を投げつける。

「ぐえっ」

大和屋は廊下から庭に弾きとばされた。

仰臥《ぎようが》した胸には、竹槍が深々と刺さっている。

「何をしておる、くせものを成敗せよ」

羽鳥が叫んだ。

そこからさきは、乱戦となった。

浪人たちがつぎつぎに倒れ、羽鳥がひとりだけ残る。

求馬と佐山は白刃を構え、左右から近づいていった。

「……ま、待ってくれ……わ、わしは北町奉行所の年番方与力ぞ。わしを斬れば
どうなるか、わかっておろうな」

求馬は返事をせず、表情も変えずに近づいた。

「命乞いは通じぬ」

ひとことつぶやき、白刃を薙《な》ぎあげる。

——ぶん。

唸《うな》る刃風とともに、悪党与力の首が宙に飛んだ。

十二

転がった首が、何者かの足許《あしもと》で止まった。

気配もなく庭に忍びこんできたのは、鰓の張った月代侍である。

「稲城軍兵衛か」

求馬は漏らし、廊下の上から睨みつけた。

庭の片隅では、おみよが肩を震わせながら蹲っている。

屍骸となった巳之吉を抱きながら、泣いているのであろう。

そちらには目もくれず、稲城は首をかしげてきっと鳴らす。

「ふうん、与力を斬ったか。ずいぶん、おもいきったことをする」

へらへら嘲笑《あざわら》い、羽鳥敬吾の生首を蹴りあげた。

生首は鞠《まり》のように跳ね、塀にぶつかって下に落ちる。

稲城は血の付いた足を懐紙で拭き、大股で近づいてきた。

「与力を殺るということは、勘定組頭も殺るということか」

「無論だ」

求馬が応じても、稲城は足を止めない。

「おぬし、下っ端の鬼役らしいな」

「それがどうした」

「誰に命じられたか、喋らぬとおもうが、いちおうは聞いておこう」

「誰の命も受けておらぬ」

「ふん、嘘を申すな。まさか、おのれの一存だと抜かすのか」

「ああ、そうだ」

「ならば身を滅ぼすぞ。この程度にしておけと言いたいところだが、わしの素姓を知った以上、生かしておくわけにはいかぬ」

稲城は足を止め、偉そうに胸を張った。

求馬は身構え、廊下から睨《ね》めおろす。

「おぬしこそ、誰の命で動いておるのだ」

「上の上、下々の想像もおよばぬお方さ」

「柳沢さまか」

「ふふ、天下の御側用人が、かような汚れ仕事の密命を下すはずがあるまい」

「なら、誰だ」

「さあな。おぬしが知ったところで、何の意味もない」

「飼い主に命じられたのか。勘定組頭を死なせてはならぬと」

「喜多見織部は頭が切れる。何かと役に立つゆえ、生かしておきたいそうだ」

どのような奸臣でも、役に立つなら生かそうとする。そうした考え方に与《くみ》するわけにはいかない。

「正直、鬼役ごときがここまでやるとはおもわなんだわ。ひとつだけ聞いてやる。誰かの密命でないとすれば、おぬしは何のために命を懸けようとするのだ」

「何のために」

あらためて問われれば、はっきりとはこたえられない。

意地のためか、矜持《きょうじ》のためか、おのれが信じる正義のためか。

明確なこたえを求めて、おのれ自身で藻掻《もが》いているような気もする。

「おぬしもわしと同類よ。隠密などというものは、夢と現《うつつ》を行き来する幽霊のごときもの。唯一、生きる寄る辺《よるべ》があるとすれば、密命を滞りなく果たすことだけかもしれぬ」

本音を言えば、隠密同士で刃を合わせたくはない。だが、わずかでも躊躇《ちゅうちょ》すれば命を落とす。それだけは、わかっていた。

「さて、片を付けるか」

稲城は刀を抜き、青眼《せいがん》に構えた。

佐山は少し離れ、じっと見守っている。

勝負の行方に、おのが命運を託すつもりか。

求馬の目には、眼下の敵しか映っていない。

稲城は足を前後に開き、右八相《はっそう》に高く構えなおした。

見覚えのある「斬り落とし」の構えだ。

「なるほど、甲源一刀流であったな」

同流の奥義は縦ではなく、横の動きにある。

――横雲《よこぐも》。

と呼ばれる脇構《わきがま》えからの胴斬りを警戒しなければならない。

横雲に対処するには先んじて踏みこみ、袈裟懸《けさが》けから小手打ちを狙う。もしくは、一度受けてから鍔迫《つばぜ》り合いに持ちこみ、入身《いりみ》から活路を見出《みいだ》す。いくつかの手は浮かんだが、いずれもあきらかな勝ちに繋がる一手ではない。

もちろん、相手は並みの遣い手ではなかった。小細工は通用しない。

となれば、やはり、取るべき手はひとつしかなかろう。

はっとばかりに、求馬は庭へ飛びおりた。

眸子《まなこ》を閉じ、肩の力を抜く。

すると、眼下は静かな湖面になった。

勝ちたい、生きたいと願う勇心から離れ、遠く湖面に浮かぶおのれのすがたがみえてくる。

目を瞑《つむ》ったまま肘を張り、刀の鍔をこめかみの高さまで持ちあげた。

さらに、八の字の撞木足《しゆもくあし》に構え、腰をぐっと落とす。

無骨で土臭い「引《いん》の構え」こそ、鹿島新當流《かしましんとう》の礎《いしずえ》であった。

「身は深く与え、太刀《たち》は浅く残して、心はいつも懸かりにてあり」

求馬は精神を統一すべく、何万遍《べん》も唱えた剣理《けんり》を口ずさむ。

そして、神官のおこなう禊祓《みそぎはら》いの動きを頭のなかで繰りかえした。

――や、えい、は、と。

剣の力量は禅心の深さに呼応すると言ったのは、流派の真髄を叩きこんでくれた慈雲《じうん》禅師である。

「修羅《しゅら》の道を進まんとするならば、呵責《かしゃく》無く殺人刀をふるう覚悟を決めねばならぬ。師に逢いては師をも殺し、親に逢いては親をも殺し、仏に逢いては仏をも殺す。それが臨済《りんざい》禅師の教えじゃ」

慈雲はそうも言った。

忽然《こつぜん》と、太刀筋が浮かんでくる。

求馬は我知らず、愛刀の法成寺国光《ほうじょうじくにみつ》を頭上に持ちあげていた。

茶花丁子乱《ちゃかちょうじみだれ》の刃文《はもん》が、赤い月影に揺らめいてみえる。

豁然《かつぜん》と、眸子を開いた。

「とあ……っ」

すでに、相手は掛け声もろとも、鼻先に迫っている。

求馬は不動明王のごとく、身動きひとつしない。

「流動して滞らず、拍子《ひょうし》を知れ。ここぞの兆しを察知し、石火のごとく打ちこむべし」

慈雲禅師の教えを唱え、じっと好機を待った。

「うりゃ……っ」

鋭い気合いとともに、稲城が胴斬りを繰りだす。

それでも、求馬は大上段の構えを崩さず、位置取りも変えなかった。

みずからの分身が、耳許に囁きかけてくる。

――鬢《びん》を撫《な》でる剣風に向かい、ただ、刀を振りおろすのみ。

「ふん」

一瞬の斬撃が、眼前の残像をふたつに割った。

稲城の一刀は胴に届いていない。

それどころか、脳天が左右に裂けていた。

ごくっと、佐山が唾を呑みこむ。

「……お、お見事」

背後で手を叩かれ、ようやく求馬は我に返った。

樋《ひ》に溜まった血を切り、国光を鞘に納める。

年番方与力と凄腕の隠密を斬った。

この結末がどうなろうと、知ったことではない。

もはや、立ち止まることは許されぬ。どのような処分が下されようとも、みずからの信念にしたがうしかない。

「あとひとり」

求馬は唇を嚙みしめた。

十三

四日後、霜月二十三日。

――どん、どん、どん。

下城を報せる太鼓の音色が、背後から響いてくる。

太鼓役の常田松之進《つねたまつのしん》が叩いているのだろう。かつて住んでいた組屋敷の隣人にほかならず、妻女の福《ふく》には食事の世話までしてもらったし、息子の松太郎《まつたろう》には剣術の稽古をつけてやった。みな息災《そくさい》であろうかと、太鼓の音色を耳にするたびに思い出す。

だが、今はそれどころではない。

求馬は勘定所そばの銭瓶橋《ぜにかめ》から、道三堀《どうさんぼり》を見下ろしていた。

低い空には黒雲が垂れこめている。

「妙な空模様だな」

何人かの役人が通りすぎたあと、狙った獲物が橋にあらわれた。

小太りのからだで、雪駄《せった》の土用干しのようにふんぞり返っている。勘定組頭の喜多見織部であった。

勘定所では従前より、たいそう羽振りのよいことで知られている。ただ、御用商人から賄賂を貰っている役人はほかにもわんさかいるので、とりたてて責める者もおらず、勘定所内は野放しの惨状を呈していた。

役人たちの引き締めに一役買おうとする者もおらず、内情を知れば知るほど、求馬は喜多見に引導を渡さねばならぬおもいを募らせた。

だが、年番方与力の羽鳥が不審死を遂げて以降、喜多見は宴席を控え、勘定所との往復以外は屋敷に籠もっている。用人の数も倍に増やしたため、事をやり遂げるには知恵を絞らねばならなかった。

妙案を捻《ひね》りだしたのは、佐山である。

釣り竿を担いだ佐山は今、橋のたもとから濠端を歩きはじめたところだった。

「おや、あれは何じゃ」

喜多見が後ろを通りかかったとき、求馬はわざと関心を向けるように叫んだ。

案《あん》の定《じょう》、罠《わな》に掛かった喜多見が欄干《らんかん》へ近づいてくる。

「どうされた。ん、あれは」

「釣り竿を担いだ男にござる。頬被《ほっかむ》りをしておりますが、不届きな食い詰め浪人にちがいござらぬ」

「そのようじゃ。言うまでもなく道三堀は禁漁区、釣りなんぞをしくされば首を失っても文句は言えぬ」

「見過ごせば、われらにもお咎《とが》めがござりましょう。拙者はさっそく小人目付を呼んでまいります」

「ん、されば頼む」

喜多見は欄干から身を乗りだし、釣り人に化けた頬被りの人物に呼びかける。

「おい、何をしておる、不届き者」

佐山は聞こえぬふりを装い、のんびりと切り株のうえに腰を下ろした。

ほかの連中も集まってくる。そして、争うように欄干から身を乗りだし、口々に眼下の釣り人を非難しはじめた。

求馬が喜多見の背後に近づいても、誰ひとり気づかない。

「誰か、早う小人目付を呼べ」

「あやつを捕らえさせろ」

騒ぎが大きくなると、さすがに佐山は腰をあげ、涼しい顔で橋を見上げてみせた。

「あっ、こっちをみておる。図々しいやつめ、おい、そこで待っておれ」

佐山は非難の声を浴びて背中を向け、その場から堂々と遠ざかっていく。

「最初にみつけたのは、わしだぞ。逃すな……あ、あやつを」

喜多見はつづけて、何かを叫ぼうとした。

だが、ことばの代わりに、血のかたまりを吐いた。

欄干からずり落ちても、両隣の連中は気づかない。

千枚通しのような得物《えもの》で、後ろから心ノ臓をひと突きにされたらしかった。

即死である。

もちろん、求馬の仕業《しわざ》だった。

殺めた本人は銭瓶橋をすでに離れ、呉服《ごふく》橋御門を渡っている。

すみやかに事をやり遂げ、のんびり向かったのは芝居町のさきであった。

古着屋が軒を並べる富沢町も通りすぎ、浜町堀に架かる栄橋も渡りきる。

着いたのは久松町、みおぼえのある裏長屋には経師屋の父娘が住んでいた。

父親の長介は、数日前までとはまるで別人のように生き生きとしている。

酒を断って仕事を再開すると、おみよに約束したのだ。

誰かに言われて決めたのではなく、巳之吉が死んで心に傷を負ったおみよを少しでも元気づけようと、自分自身で宣言してみせた。

それならば、鼓舞《こぶ》してやらぬわけにはいくまい。

求馬は何ひとつ義理もないのに、巳之吉の弔い代を工面してやった。

何よりも、おみよの様子が気になり、毎日のように足を運んでいるのである。

朽ちかけた木戸の端から覗いていると、おみよがちょうど夕河岸から戻ってきた。

「あっ、矢背さま」

「ふむ。夕河岸の帰りか」

「はい。帰り道で佐山さまにお会いし、貴重なものをいただきました」

おみよが掲げた魚籃《びく》を覗くと、大きな鯉が一匹入れてある。

あの切羽詰まった情況で釣りあげていたのだろうか。

そうだとすれば、感嘆するしかない。

「静かにしておるな」

四つ折りにした和紙が、鯉の頭に巻かれていた。

なるほど、目隠しをすれば、鯉は暴れなくなる。

「生き血は父に呑ませよと、佐山さまは仰せでした」

身は三枚におろして洗いにし、苦玉《にがだま》と呼ばれる肝臓を除いた残りは筒切りにして、味噌でゆっくり煮込む。

「鯉こくにいたすなら、根気よく泥を吐かせねばなるまいぞ」

「はい、そういたします。じつは、おかげさまで巳之吉さんの菩提《ぼだい》を弔うお寺がみつかりました」

「さようか、ならばひと安心だな」

「はい」

おみよがいくぶんかは元気を取り戻してくれたようなので、求馬はほっと安堵《あんど》の溜息を吐く。

と、そのときだった。

轟《ごう》っと、地鳴りが聞こえてきた。

「ひっ」

おみよが耳を押さえて屈《かが》みこむ。

すぐさま、どんと突きあげるような揺れがきた。

不覚にも、求馬は尻餅をついてしまう。

「地震《ない》だ」

長屋の連中が飛びだしてくる。

と同時に、凄まじい横揺れが襲ってきた。

「うわっ、大地震だぞ」

まともに歩ける者はいない。

求馬も立ちあがることができず、おみよの肩を抱えこむ。

すぐそばの木戸が倒れ、棟割長屋もどっと崩れていった。

命の保証すらできぬなか、案じられるのは志乃のことだ。

揺れはなかなか収まらず、耐えつづける時が永遠にも感じられた。

差腹《さしばら》

一

地震から十日目、景色の一変した市中を師走《しわす》の冷たい風が吹きぬけている。人々を恐怖のどん底に落としこんだ大地震ののち、相模《さがみ》や房総《ぼうそう》や伊豆《いず》大島の海岸は津波に襲われた。関八州《かんはっしゅう》でもっとも甚大な被害を受けたのは小田原《おだわら》藩の領内で、今わかっているだけでも死者は約二千人、倒壊した家屋は八千軒を超えたという。

一方、江戸市中は地震から六日目に起きた大火事の被害が甚大だった。火元は小石川《こいしかわ》の水戸《みと》屋敷で、あっという間に燃えひろがった炎によって両国橋が焼け落ち、三千人を超える死者が出たらしい。

南東寄りの風だったために市ヶ谷方面は災禍《さいか》を免れたが、不忍池北端の秋元屋敷は火焔《かえん》に呑みこまれ、室井作兵衛たちは命からがら逃げのびた。住む家を失った者たちは、愛宕《あたご》下や芝《しば》、本所《ほんじょ》や深川《ふかがわ》などの寺を頼り、寺の境内では施粥《せがゆ》がおこなわれている。浜町河岸一帯も焼け野原となり、経師屋の長介と娘のおみよは着の身着のままで深川の霊巌寺《れいがんじ》へ逃れた。求馬は数日後に消息を知ったが、ともあれ、命があっただけでも幸運だったと言わねばなるまい。

焼け跡にはいまだ死臭が漂っているものの、復興を告げる槌《つち》の音も随所から聞こえてくる。

「かようなときこそ、平常心を保たねばなりませぬ」

侍とはそういうものだと、志乃に叱りつけられた。ここ数日はほとんど寝ておらず、頬のげっそり窶《やつ》れた顔が頼りなく映ったからだろう。

御城勤めの役人たちは裃《かみしも》を着け、厳しい顔で御城門を潜っていく。災禍に見舞われた者も多くあったが、禄を失いたくない役人たちは家の片付けよりも出仕を最優先に考えていた。

膳奉行としての役目は、とどこおりなくつづいている。先達の皆藤左近は心を乱すこともなく、御毒味を淡々とこなしていた。美しい所作を目にするだけで、みなの気持ちは自然と引きしまる。今や、皆藤は笹之間の守護神にほかならなかった。

求馬は何度となく、皆藤にはなしかけようとした。悩みを打ちあけ、進むべき道を教えてほしかったが、情けないすがたをみせたくないので、おもいとどまった。

公人朝夕人の伝右衛門から連絡はなく、丸眼鏡の橘主水が何を考えているのかはわからない。古着屋惣代の件では勝手に奔り、密命を下されたわけでもないのに、勘定組頭や町奉行所の年番方与力に引導を渡した。そのことをどうおもっているのか、ひょっとしたら御役御免になるのではないか。そうした不安とともに、求馬は中途半端な気持ちから逃れられずにいる。

伝右衛門のことばを信じれば、手強い敵の稲城軍兵衛は柳沢家の隠密だった公算が大きい。稲城は勘定組頭のことを「何かと役に立つゆえ、生かしておきたいそうだ」とも言っていた。

その台詞が耳から離れない。稲城の飼い主はまちがいなく、古着屋惣代から甘い汁を吸っていたはずだ。そこまでの筋を描いているにもかかわらず、飼い主が誰なのかを特定できず、黒幕と呼ぶべき相手を追いつめる端緒《たんしょ》もみつけられない。

とどのつまり、虎の尾を踏んでしまっただけなのかもしれぬ。そうおもうと、朝まで眠れなくなってしまうのである。

低く垂れこめた雪雲のもと、求馬は下乗橋を渡って枡形の三之御門を潜り、番士の頃に通っていた中之御門までやってきた。

書院《しょいん》出《で》櫓《やぐら》の奥には、八方正面の富士見三重櫓が屹立《きつりつ》している。

地震で瓦は何枚も落ちたようだが、ほかの御殿と同様、倒壊は免れていた。

いつもなら、見上げただけで浮きたつような気分になるのだが、ここ数日はそうしたこともなくなった。書院出櫓の手前で右に折れて石段を上り、門の扉に真《しん》鍮《ちゅう》をあしらった中雀御門を潜りぬける。

正面の玄関も何やら精彩を欠いてみえ、重い溜息を吐きながら右脇の通路へ進んでいった。中之口を左脇にみて御長屋御門を潜り、老中口とも呼ばれる御納戸口を通り過ぎれば、大きな井戸がみえてくる。

井戸のさきにある御台所御門が、求馬の出仕口であった。

「さあ、まいろう」

気合いを入れなおし、さきへと進む。

御門を潜ると大石の置かれた石《いし》之間があり、大量の食材はまずこちらへ運びこまれたのち、目の前の御台所へと移される。御台所と少し離れたところに、公方の御膳を調理する御膳所が置かれ、さらにその奥に毒味御用をおこなう笹之間があった。

宿直の鬼役によって、ちょうど朝餉の毒味御用が済んだ頃合いであろう。師走は何かと忙しないため、朝の御膳は簡素に済ます。二の膳はつかず、昨日の一の膳には、つみれ汁と青鷺《あおさぎ》の煮物、鱚《きす》の塩焼きが供せられるに留まった。なお、置合《おきあわせ》と口取《くちとり》には、蒲鉾《かまぼこ》と卵焼き、胡桃《くるみ》の寄せ物と昆布、鯛《たい》の切り身、寒天などがつき、お壺《つぼ》には定番の鱲子《からすみ》が見受けられた。

ご飯は米を煮上げて釜で蒸した蒸飯《むしめし》、小皿の沢庵《たくあん》は練馬《ねりま》大根でなければならない。綱吉公は若い時分に「江戸患《わずら》い」とも呼ばれる脚気《かっけ》を患い、練馬で栽培させた大根を食べて治した。それ以来、毎食、練馬大根の漬け物だけは欠かさなくなった。

鬼役は音を起《た》てて食べてはならぬと教わっているので、沢庵も小柄《こづか》で切った一片を嘗めてから呑みこむ。

ごくりと、求馬は喉仏を上下させた。

空で沢庵の毒味をやりながら、雪駄を脱いで廊下へあがる。

庖丁人たちが立ち働く御台所の手前を過ぎ、笹之間のほうへ向かうと、ちょうど小納戸の配膳掛《がかり》が毒味の済んだ御膳を手にして廊下にあらわれた。

小太りの後ろ姿でわかる。駒野源八郎《こまのげんぱちろう》という新入りだ。

新入り同士、親しくなりたい気持ちもあったが、相手は職禄五百石高《こくだか》の布衣《ほい》役、役料二百俵の膳奉行とでは身分に差があるため、こちらから気軽に声を掛けるわけにもいかない。

ただ、みるからに気の弱そうな若者ゆえ、放っておくのも忍びない。酷い苛《いじ》めにあっているとの噂も小耳に挟んでいたので、求馬は目を離すことができなかった。

もちろん、駒野の向かうさきは囲炉裏之間《いろり》にほかならず、御膳の料理は小姓たちが温めなおしたうえで懸盤《かけばん》に並べ替える。そうなるはずであったが、あってはならないことが起きた。

駒野が唐突に躓《つまず》き、皿や料理を廊下にぶちまけてしまったのだ。

「あっ」

声をあげたのは、駒野でもなければ、求馬でもなかった。

すぐ脇の控え部屋から、待ってましたと言わんばかりに、ふたりの人影が飛びだしてきた。

「おいおい、これはどうしたことだ」

第一声を発したのは、横地志津馬《よこちしづま》という小姓である。

もうひとりは、腰塚市之丞《こしづかいちのじょう》という古参の小姓頭取《とうどり》だった。

駒野は尻餅をつき、呆然《ぼうぜん》とした顔のまま、身動きもできない。

おそらく、何が起こったのか、自分でも理解できぬのだろう。

「おい、目を醒まさぬか」

腰塚は朱塗りの椀を拾い、何をするのかとおもえば、駒野の月代《さかやき》に味噌汁の残りをゆっくり掛けた。

月代も顔も汁で濡れ、豆腐や青菜が肌にへばりつく。

「おぬし、何をしでかしたか、わかっておろうな。上様に供する御膳を廊下にぶちまけたのだぞ。横地よ、この始末はどうなる」

「味噌汁臭い首を抱いて、平川御門から出ていかねばなりますまい」

「そうならぬためには」

「誰かにみられぬうちに、手っ取り早く片付けを」

横地に促されて、駒野はようやく我に返った。

皿や椀を集めてまとめ、汚れた廊下を布で拭きはじめる。

横地は何故か、濡れた布をあらかじめ何枚か用意していた。

「ほれ、気張れ。さっさと片付けねば、首を失うぞ」

求馬はみていられなくなり、廊下の隅から近づいていった。

「何じゃ、おぬしは」

驚いた腰塚に誰何《すいか》され、身分と名を告げる。そして、濡れた布を手にするや、膝をついて廊下を拭きはじめた。

「ふん、鬼役づれが余計なことを」

腰塚が嘲《あざけ》るように吐きすてた。

駒野はこちらに目もくれず、必死の形相《ぎょうそう》で拭き掃除を繰りかえす。

ふと、求馬は妙なものをみつけた。

「……こ、これは」

凧糸《たこいと》である。

片方の端を目でたどると、廊下の隅に打たれた釘に結んであった。もう片方を控え部屋に潜んだ者が引っぱれば、ぴんと張った凧糸で足を引っかけることができるかもしれない。

わざとやったのか。

気づいた刹那《せつな》、誰かの足が凧糸を踏みつけた。

「余計なことはするなと申したはず」

顔をあげると、腰塚が鬼の形相で睨めつけている。

一方、横地は素知らぬ顔で釘を抜き、凧糸を素早く回収した。

廊下の向こうから囁きが聞こえ、別の小姓たちがやってくる。

片付けはどうにか済ませたが、小姓たちは鼻をくんくんさせながら近づいてきた。

「何やら味噌臭いぞ。おい、おぬしら、廊下に集まって何をしておる」

「何でもない、気にいたすな」

年嵩《としかさ》の腰塚が平気な顔で応じると、小姓たちは黙って去った。

片隅に佇む駒野は、全身の震えを止めることができずにいる。

恐怖なのか、怒りなのか、難を逃れた安堵なのか、震える理由は定かでない。

「ふふ、命拾いしたではないか」

腰塚が嘲笑う。

「上様の御膳は替えがきこう。おぬしは粗相を隠しとおせばよい」

横地が駒野の襟首を摑み、その場に正座させる。

「ほれ、窮地を救っていただいた腰塚さまに礼を言わぬか。何があっても逆らわず、御命にしたがいますと誓うのだ。わかったら、廊下に額を擦りつけろ」

あまりのやりように、求馬は怒りを抑えかねた。小鼻をぷっと膨らませ、何か言いかけたが、下から強い力で袖を引っぱられる。

駒野が涙目で、助けてくれるなと訴えているのだ。

求馬は奥歯を嚙みしめ、黙るしかなかった。

「ふん、情けないやつらめ」

腰塚と横地は吐きすて、廊下の向こうへ消えてしまう。

駒野は俯《うつむ》いたまま、控え部屋にまとめておいた御膳を抱えあげた。

「始末はおのれでつけます。貴殿は何もみなかったことに」

「お待ちください。それこそ、連中の思う壺ではありませぬか」

「よいのです。御城勤めは厳しい修行も同然と、父に教わってまいりました。これも長い人生における試練のひとつと、かようにおもっておりますゆえ」

何か言いかけたが、半泣きの顔で押しとどめられる。

「もう、よいのです。さあ、行ってくだされ」

強い力で背中を押され、求馬は躊躇しながらも、その場から去るしかなかった。

苛めをする者の屈折した気持ちなどわからぬし、わかりたくもない。苛められる者には同情を禁じ得ぬが、本人から関わってほしくないと言われれば、したがう以外になかろう。

二

二日後の宿直明け、荒廃した町並みを目に焼きつけながら御納戸町の家に戻ると、志乃の姪《めい》っ子の凜《りん》が治兵衛《じへえ》とともに待っていた。災禍を免れた千駄木《せんだぎ》の団子《だんご》坂にある隠居屋敷からやってきたのである。

「これはこれは、よくぞお訪ねくだされた」

凜は志乃の亡くなった姉の子で、十二になる。京《きょう》の都で生まれたが、ふたつのときに行方知れずとなり、数ヶ月ののち、本所回向院の門前に捨てられていたところを、偶《たま》さか通りかかった治兵衛に拾われた。

治兵衛は薬種問屋の隠居で裕福だったこともあり、凜を孫娘として育てあげた。素姓がわかったのは、ほんの三月前のことだ。それ以前から、求馬は凜のことを知っていた。不忍池の畔《ほとり》で薬草を摘んでいたからだ。八瀬の地と関わりのある者たちに拐《かどわ》かされたことで、来《こ》し方《かた》の因縁があきらかになり、姪の消息を秘かに捜していた志乃と邂逅《かいこう》を果たすことができた。

凜には不思議な力がある。「龍《りゅう》の涙《なみだ》」と呼ばれる水晶玉を使って、先々の出来事を予知してみせるのだ。志乃によれば、それは亡くなった姉にも備わっていた力らしく、凜が「龍の涙」とともに母親から受け継いだものだった。

治兵衛は言う。

「大地震や津波に襲われることも、大火によって焼け野原になった景色も、凜は水晶玉のなかにみておりました。お知らせするのが間に合わず、まことに申し訳ありませぬ」

「治兵衛どのが謝ることはない。のう、志乃」

偉そうに呼びすてにすると、志乃はぴくっと片眉を吊りあげた。

それでも、にっこり微笑《ほほえ》みながら、大人の対応をしてみせる。

「お殿さまの仰るとおりにござります。凜が先々のことを言い当てたとしても、何かが変わるわけではありませぬ。もちろん、備えはできましょうが、下手に騒いだところでどうなるものでもない」

「さすが、志乃さま。いつも、どっしり構えておいでだ」

治兵衛に褒《ほ》められ、志乃は愛想《あいそ》笑いを浮かべる。

凜は猿婆の運んできた煉《ね》り羊羹《ようかん》をみつめ、乾いた唇を舌でしきりに嘗めた。

「大久保主水《おおくぼもんと》の煉り羊羹です。粉が吹いたから出してさしあげたのですよ。さあ、お食べ」

「はい」

凜は嬉しそうに返事をし、さっそく羊羹を摘まんで齧《かじ》る。

「ふふ、いかが」

「叔母上《おばうえ》、美味《おい》しゅうござります」

「ふむ、よろしい。でも、叔母上ではなく、今日からはお姉さまとお呼びなさい」

「はい、お姉さま」

「ところで、また何かみたのですか」

「はい」

凜は渋茶を啜り、顔を顰めてみせる。

求馬は胸騒ぎをおぼえつつ、じっと耳をかたむけた。

「何がみえたのです」

志乃に促され、凜は怖ず怖ずと喋りだす。

「焼け跡にお坊さまが立ち、身振りを交えておはなしを。まわりには大勢の人が集まっておりました」

「ふうん、以前にもみたような景色じゃな」

凜を拐かした連中は回向院で法隆寺《ほうりゅうじ》御宝物の出開帳《でがいちょう》を催し、多くの善人を騙《だま》すことで金儲けを企んでいた。求馬や志乃の活躍で悪党の企ては潰《つい》えたが、震災によって新たな悪人たちの蔓延《はびこ》る素地が生まれたと言ってもよかろう。

「白い壺や経典を売り買いしておりました。なかには感極まり、お坊さまの袈裟に摑まって泣いているお人も」

「白い壺や経典が出てきたとなれば、もはや、騙《かた》りできまりじゃな。ほかに何かみたものは」

「身分の高いお役人さまが、笑っておいででした。三方《さんぼう》には山吹《やまぶき》色の小判が山積みに」

「賄賂か。献じたのは、説法をおこなった坊主なのだな」

「はい」

奸臣と悪党坊主が裏で手を組み、世の善人たちを欺《あざむ》いている。凜の純粋な瞳はどうやら、欲にまみれた悪人どもの穢《けが》れたすがたを映しだしてしまったらしい。

「ほかには」

「ござりませぬ」

「さようか。まあ、あまり無理をいたすな。龍の涙に何か映ったとしても、おまえが気に病むことではない」

「はい、叔母上……いえ、お姉さま。されど、龍の涙をみないわけにはまいりませぬ」

「わかっておる」

凜は一度だけ、母らしき人物の面影を水晶玉のなかにみつけていた。

七つになったばかりの出来事であったという。後にも先にも一度だけ、来し方に起こった出来事を目にしたのだ。それは京の御所から逃れる母が、泣きながら振り向いたすがたであった。母は凜とおもわれる乳飲《ちの》み子を抱えてひた走り、出開帳の一行に乳飲み子を預けていたらしい。

爾来《じらい》、凜は水晶玉のなかに母のすがたをさがしている。亡くなったと聞かされてはいたが、容易に信じたくはないのだろう。

そのはなしを聞いたとき、志乃も来し方の出来事にちがいないと確信した。

当然のごとく、志乃は不幸を背負った姪に逞《たくま》しく育ってほしいと願っている。それもあって猫可愛がりはせず、ときには突きはなしたような物言いもする。引き取りたい気持ちを押し殺し、治兵衛に託しているのもそのためだ。もっとも、治兵衛は孫娘として育てた凛と離れ難く、みずからの蓄財もことごとく遺《のこ》そうと考えているようだった。

やがて、ふたりは帰っていった。

門前で見送る志乃が名残《なごり》惜しそうなので、おもわず、求馬は余計な台詞を口走ってしまう。

「できれば、いっしょに住みたいものだな」

志乃が刃のような眼差しを向けてきた。

「おぬし、調子に乗るなよ」

初めて出会ったときと同じ般若《はんにゃ》顔だ。鼻先に白刃を向け、本気でかかってこぬかと、痺《しび》れるようなひとことを発した。が、あのときとは立場がちがう。求馬はみずからの力で鬼役の座を射止め、志乃の心を摑んで矢背家に婿入りしたはずであった。

立ててすごしてほしいとはおもわぬが、志乃が気を遣ってくれれば、それはそれで嬉しかった。調子に乗るなよと釘を刺されれば、気持ちが萎縮《いしゅく》してしまう。おそらく、治兵衛や凜のまえでみせた態度を戒《いまし》められたのだろう。

志乃は家に戻り、代わりに猿婆が近づいてきた。

「口の利き方だけなら、許してやってもよい。されど、勘違いするな。おぬしは、ただの雇われ当主にすぎぬ。いつでも替えのきく男なのじゃ。それさえわかっておれば、おのずと謙虚な物言いにもなろう。人前で志乃さまを呼びすてにすることもあるまいよ……となあ。志乃さまのお気持ちを代弁いたせば、かような塩梅《あんばい》になり申そう。言いたい事がおありなら、不肖《ふしょう》この月草《つきぐさ》が承《うけたまわ》るが、いかがなさる」

「取次の必要はない。おぬしのことば、肝に銘じておこう」

「おわかりになればよろしい。ところで、槍投げの木偶《でく》の坊《ぼう》はどうされた」

「佐山なら、継ぎ竿を抱えて何処かに出掛けた」

「このご時世に釣りとはな。ふん、能天気な男よ」

ぞんざいな物言いに以前の猿婆をおもいだし、求馬は嬉しくなった。

婿入りしてからは遠慮があったのか、他人行儀な感じを否めなかったからだ。

「さて、おぬしがいつまでご主人さまでいられるか、高みから見物させてもらうぞ」

猿婆は皺顔に目鼻を埋めて笑い、家のほうに戻っていった。

志乃や猿婆の信頼を得るには、もっと自分を磨かねばならぬ。

おそらく、ふたりには心の迷いを見透かされているのであろう。

一日でも早く、頼りにおもってもらえる当主になりたいと、求馬は心の底から願っていた。

三

昨夜から降りつづいた雪で、江戸市中は白一色となった。

「足許が不如意《ふにょい》にござります」

供の佐山は「不如意、不如意」と使い慣れぬことばを繰りかえし、仕舞いには童子《どうじ》のようにはしゃぎながら大きな足で新雪に穴をあけていく。

佐山は昨日、溜池《ためいけ》ですっぽんを釣ってきた。猿婆が手際よくばらして鍋にし、みなでたらふく食べたのだ。志乃はすっぽんの首を摑んで付け根を切り、ぐい呑みに垂らした生き血をごくごく呑んでいた。求馬もまねをして呑んでみたが、朝まで一睡もできなかった。

今もからだじゅうが火照《ほて》っている。雪道を歩いていると、ひんやりとしてちょうどよい。

「あと十日も経てば、赤穂浪士《あこうろうし》討ち入りの日にござりますな。あれからちょうど一年、月日が経つのは早いもの」

遥かむかしの出来事に感じていたが、まだ一年しか経っていない。しんしんと雪の降る晩から未明にかけて、大石内蔵助《おおいしくらのすけ》に率いられた赤穂藩の元藩士たちが本所の吉良《きら》邸に押し入って上野介《こうずけのすけ》の首を取り、市井の人々から喝采《かっさい》を浴びた。

武士道の鑑《かがみ》と賞賛された元藩士たちを、幕府は扱いかねた。幕閣では「暴挙」と断じて斬首すべしとの意見が大勢を占めかけたものの、世評を慮《おもんぱか》ったあげく、名誉の切腹に処する旨の御沙汰が下され、討ち入りを「快挙」と信じる多くの者が溜飲《りゅういん》を下げた。

求馬はもちろん、討ち入りは紛《まご》う方なき「快挙」だとおもっている。浪士たちの菩提寺となった高輪《たかなわ》の泉岳寺《せんがくじ》にも何度か詣でた。一方、佐山はよりいっそう思い入れが強く、討ち入りに参じた浪士たちのすがたに、身分の定まらぬみずからの境遇をかさねあわせているようだった。

「浪士たちはいったい、何に殉《じゅん》じたのか。殿はどうおもわれる」

「朝っぱらから、重たい問いだな」

「拙者は、忠義に殉じたとはおもっておりませぬ。松之廊下で凶刃を振るったお殿さまにたいして、さほどの思い入れがあったとはおもえぬのです。されば、大石内蔵助たちは何故に命を賭《と》してまで起《た》たねばならなかったのか。それはまさに、喧嘩両成敗《けんかりょうせいばい》という掟《おきて》を破った幕府への抗議の刃だったからにほかなりませぬ。政を司《つかさど》る者が掟を破ってはならず、まんがいちにも掟破りの兆候がみられたときは、たとい相手が将軍といえども断罪しなければならぬ。巨悪とは掟を破って政を私《わたくし》する者のこと、そうした連中だけは断じて許してはならぬ。それこそが侍の道なのだと、大石たちは伝えたかったにちがいない。いかなる権威にも怯《ひる》まずに立ちむかう。その姿勢こそが賞賛に値するのでござります」

佐山は赭《あか》ら顔で熱弁をふるったが、求馬は途中から聞いていなかった。

西御丸下《にしおまるした》を歩きつづけ、気づいてみれば、内桜田御門まで来ている。

左方に連なる御殿の甍《いらか》は朝陽を浴び、白銀に煌めいていた。

「行ってらっしゃいませ」

佐山が臼のようなからだを折りまげる。
「ふむ」
求馬は相槌《あいづち》を打ち、御門をゆっくり潜りぬけた。
出仕する裃姿の役人たちは、白い息を吐きながら黙々と歩いている。
右手前方の大手御門からも、大勢の役人たちが吐きだされてきた。
みながめざすのは、内濠に架かる下乗橋にほかならぬ。
右手にみえる長大な腰掛や下乗橋前の大番所も白い衣を纏っていた。
異変を察したのは、足許不如意の雪道を半分ほど進んだときである。
「差腹《さしばら》じゃ、差腹でござるぞ」
下乗橋のそばで、数人が騒いでいた。
近づいたときには、人垣が築かれている。
背伸びしてみると、雪のうえが真紅《しんく》の血で染まっていた。
つい今し方、裃の役人が正座し、腹を切ってみせたのである。
俯《うつぶ》せの姿勢でまだ死んでおらず、肩を小刻みに震わせている。
「各々方《おのおのかた》、触れてはなりませぬぞ」
必死の形相で叫んでいるのは、大番所から飛びだしてきた番士たちだ。

「退け」

制止を振りきって駆けよったのは、小姓たちであった。

「そやつの懐中をあらためよ」

命じたのは小狡《こずる》そうな細面《ほそおもて》、小姓頭取の腰塚市之丞にほかならない。

小姓の横地志津馬が応じ、切腹した役人の肩を摑む。

役人は仰向けになり、蒼白な顔が晒された。

「あっ」

求馬はおもわず、声を漏らす。

小納戸役の駒野源八郎であった。

腰塚と横地に廊下で苛められていた新入りだ。

横地は懐中に手を入れ、血染めの奉書紙《ほうしよがみ》を奪いとる。

差腹とは遺恨《いこん》のある相手を特定し、そのうえで切腹する行為をいう。侍の定《じよう》法《ほう》にしたがえば、名指しされた相手も格別の理由がないかぎり、腹を切らねばならない。奉書紙には腹を切った経緯《いきさつ》と、遺恨のある相手の名が記されているはずだった。

横地は腰塚に命じられ、瀕死《ひんし》の駒野から奉書紙を奪いとったのだ。もちろん、意図はあきらかだ。奉書紙に自分たちの名が記されているとおもったのであろう。

相手が小姓だけに、誰も声をあげない。

ざっとみたところ、人垣のなかに高位の役人はいなかった。

「お待ちを」

求馬は声を張り、人垣の前面へ躍りでる。

腰塚の息が掛かる小姓たちが、一斉に振り向いた。

「何じゃ、鬼役づれが文句でもあるのか」

脅しつけてきたのは、歌舞伎役者のような面相の横地である。

「おぬし、死にたいのか」

と、刀を抜かんとするほどの剣幕で嚙みついてきた。

そこへ、御門のほうから徒目付《かちめつけ》らしき一団が駆けてくる。

「各々方、おさがりくだされ」

すでに、駒野の息はない。

仰臥《ぎょうが》したまま、開いた眸子で雲をみつめていた。

徒目付は番士たちに命じ、筵《むしろ》を持ってこさせる。

屍骸が筵に包《くる》まれると、野次馬は散っていった。

小姓たちも何食わぬ顔で離れていく。
「待て……くそっ、待ってくれ」
求馬の声は小さすぎて、小姓たちにも徒目付たちにも聞こえていない。
筵に包まれた駒野が哀れでたまらず、求馬はその場に跪《ひざまず》いてしまった。
「おえっ」
悔し涙の代わりに、強烈な吐き気が襲ってくる。
何もできぬ自分に嫌気が差しているのだ。
誰かが横に立ち、手を差しのべてくる。
皆藤左近であることは、すぐにわかった。
八《や》つ手《で》のような手を握り、どうにか尻を持ちあげる。
「おのれの役目を果たせ」
皆藤は重厚な口調で言い、背を向けてしまった。
御門前は片付けられ、番士たちは大番所へ戻る。
まるで、何事もなかったかのようだった。
新たに出仕してきた者たちは気づくまい。
この場で配膳掛がひとり、差腹でござると叫び、腹を切ってみせたのだ。

もちろん、駒野家は改易《かいえき》とされよう。当主が大それたことをやってのけた代償は、遺された者たちが払わねばなるまい。

「悪夢だな」

求馬は項垂《うなだ》れ、下乗橋を渡りはじめた。

四

部屋のなかは寒く、御膳を運ぶ小納戸衆の動きは何やらぎこちない。

笹之間で昼餉の毒味御用を終えたあとも、求馬は心ここにあらずといった様子で座っていた。

「今朝の差腹、聞いたか」

対座する相番は美川彦蔵《みかわひこぞう》といい、耳がやたらに大きな男だ。

陰では「耳川《みみかわ》」と呼ばれており、他人のはなしには聞く耳を持たねばならぬなどと、もっともらしいことを言いつつ、対座するこちらが耳をふさぎたくなるほど、飽きもせずに喋りつづける。

「腹を切ったのが駒野源八郎と聞き、耳を疑ったぞ。されど、よくよく考えてみれば、さもありなんとおもいあたる節《ふし》もあってな、小姓たちから酷い苛めを受けていたことは存じておるか」

「……い、いえ」

たどたどしく否定しても、美川は気にしない。喋りたくて、うずうずしているのだ。

「当初は恒例の新入り苛めであったが、次第に過激さを増していったらしゅうてな。噂によれば、昼餉《ひるげ》の弁当に馬糞が仕込んであったとか」

「えっ、馬糞にござりますか」

「仕込むどころか、食わされたというはなしもある。まるで、悪童どもの遊びではないか、のう」

駒野はみるからに、気の弱そうな男だった。

「苛めの的になりやすかったのかもしれぬ」

と、美川は納得顔でうなずいた。

中奥に出仕する小姓は約二十五人、小納戸は約四十人を数える。格からいけば、小姓のほうが上だった。公方の身近にあって世話をするのは小姓で、側衆《そばしゅう》の嫡子《ちゃくし》でなければ採用されない。二十五人のうちの六人は頭取だが、頭取と平小姓に禄高の差はなく、古参の者を頭取と呼んでいるのにすぎなかった。

一方、小納戸のほうには四、五人の頭取が置かれ、こちらは職禄一千五百石の権威ある地位となり、平小納戸との格差は歴然としている。いつも雪駄の土用干しのごとく威張っているため、小納戸頭取は足許がみえなくなることも多い。駒野の件についても、切腹にいたった原因を深く調べる気など毛ほどもないようで、とばっちりが降りかからぬように鳴りを潜めていた。

ともあれ、小姓と小納戸は役目のうえで重なる部分も多く、小納戸の新入りが小姓の苛めを受けるのはめずらしいはなしではない。

「駒野源八郎が遺したらしき奉書紙は、御目付の手に渡ったらしいぞ。奉書紙には小姓頭取の名がひとつだけ記されてあったとか。差腹の相手が誰なのか、ふふ、おぬしにはわかるまい」

わからぬふりをすると、美川は勝ち誇ったように胸を反らした。

「ここだけのはなしじゃ、教えてつかわそう」

「お願いいたします」

美川はわざと間を開け、声を一段と低くする。

「森尾哲三郎《もりおてつさぶろう》」

という名を耳にし、求馬は「えっ」と驚きの声を漏らした。

「どうした、森尾さまでは不服か」

「……い、いいえ」

「じつはな、わしもその名を聞いたとき、妙だとおもったのだ。ほかの名が記されているとばかりおもっておったゆえな」

腰塚市之丞の名が記されていなければおかしい。

求馬は内心で首を捻った。

奉書紙を奪ったのは、ほかならぬ、腰塚たちなのだ。

ひょっとしたら、小細工をしたのかもしれない。

森尾哲三郎はよく知らぬが、腰塚の向こうを張る小姓頭取であることはまちがいなかった。奉書紙を捏造《ねつぞう》することで、腰塚はみずからの難を避けるとともに、森尾の失脚をも狙ったのではないかと、求馬は勘ぐったのだ。

美川は求馬の食いつきに手応えを感じたらしく、さらに突っこんだはなしをしはじめた。

「腹を切った理由もわかったぞ。ただの苛めではなかったのだ」

「えっ、どういうことにござりますか」

「駒野源八郎は小姓たちにそそのかされ、壺だの経典だのを買わされていた。それも、ひとつやふたつではない。札差《ふださし》に五百両もの借金までしておった。家の台所は火の車だったらしい」

壺や経典を買わされたとなれば、騙りを疑わねばならぬ。

求馬は、凜が水晶玉のなかにみた騙りのはなしをおもいだした。

「じつは、壺や経典を買わされておったのは、駒野源八郎だけではない。鬼役にはおらぬようだが、わしの知るかぎり、小姓や小納戸にも買わされていた者は何人かいる。二束三文の壺に五十両も払わせられるというからな、とんでもないはなしさ」

美川は躙りよってくる。

「はなしはまだ終わらぬ。騙りの元をたどっていくと、いずれも同じ坊主に行きつくらしい。わしが睨んだところでは、そやつが元凶《げんきよう》にちがいない」

求馬は亀のように首を差しだす。

「坊主の名を、お教えいただけませぬか」

「聞いてどうする。壺でも買うのか。ふふ、戯《ざ》れ言《ごと》じゃ。そんな顔をするな」

不機嫌な求馬の顔を、美川はおもしろそうに眺めている。

「教えてやろう。寺の名は牛込原町《うしごめはらまち》の尊沢寺《そんたくじ》、坊主の名は道林《どうりん》と申すらしい」

「尊沢寺の道林」

「たとい、騙りと判明しても、一介《いっかい》の鬼役にどうこうできることでもあるまい」

「それはまあ、そうですが」

「調べは御目付筋に任せておくがよい。もっとも、連中が腰を入れて調べることはなかろうがな。上様の御側に仕える者たちが騙りにあったとなれば、いかにも風聞が悪かろう。目に余るようなら、別の理由で秘かに罰しようとするはずじゃ。されど果たして、御目付筋もそこまで面倒臭いことをやるかどうか」

まず、やらぬであろうと、求馬はおもった。

騙りのからくりは解明されず、駒野源八郎の自死はうやむやにされる。

腰塚たちは新たな獲物を求めて、御膳所や御台所のほうにまで物色《ぶっしょく》しにくるかもしれぬ。そうさせぬためにはどうしたらよいのか、求馬は駒野を死に至らしめた者たちを何らかの方法で罰するしかないとおもった。

ただし、騙りのからくりを調べるのが先決であろう。

凜のはなしから推せば、騙り坊主は役人に賄賂を献じていた。

もしかしたら、賄賂を貰った役人は、腰塚たちと通じているのかもしれない。

悪人どもの繋がりを証し立てできれば、駒野も草葉の陰で溜飲を下げてくれるであろう。

仇《かたき》討ちがしたいのだろうか。

求馬は自問自答しながら、とりあえずは牛込原町の尊沢寺を訪ねてみようとおもっていた。

五

翌日、奉書紙に名があったとされた小姓頭取の森尾哲三郎があっさり腹を切った。

潔い死に方だと賞賛する者もあったが、ほんとうのところは小姓の失態を露見させぬように重臣《じゅうしん》たちが幕引きをはかったらしかった。森尾家は当主の切腹により改易を免れ、次男が小姓として出仕する運びになるという。

一方、駒野家は三河《みかわ》出身で数代つづいた旗本だったが、当主の源八郎が下乗橋前を穢《けが》したことにより改易とされた。

求馬は釈然としない。

公人朝夕人の伝右衛門に聞いたはなしによれば、目付筋に渡った奉書紙には血痕が付いていなかったというのである。やはり、奉書紙を奪った腰塚市之丞たちが小細工をしたとしかおもえなかった。だが、すべては疑いの域を出ず、真相は闇に葬られることとなった。

もちろん、そんなことが許されてよいはずはない。千代田《ちよだ》城の中枢《ちゅうすう》には、武士の風上にもおけぬ連中が平然と居座っているのだ。

「許されてなるものか」

いくら叫んでも、聞いてくれる者は佐山以外にいなかった。

小姓という壁は堅固《けんご》すぎて、新入りの鬼役が徒手空拳《としゅくうけん》で立ち向かえる相手ではない。

それでも、求馬は牛込原町に向かった。

腰塚たちの悪事を解明する端緒《たんしょ》をみつけたかったからだ。

御納戸町からは近く、北側の牛込山伏町《やまぶしちょう》から焼《や》き餅《もち》坂を下っていけば、同心長屋のさきに寺町《てらまち》がみえてくる。

地の者に聞いても、尊沢寺を知る者は少なかった。

谷地の片隅にひっそりと建つ小さな寺で、門柱の右柱には「立春大吉」と、左柱には「鎮防火燭」と書かれた板が掛けられており、禅寺であることだけはわかった。

「騙り坊主に会って何をはなされます」

佐山に問われ、求馬は首をかしげた。

これといって策はない。

「壺を買いたいとでも言うかな」

覚悟を決めて山門を潜り、参道を歩く寺男に取次を頼む。

道林は本堂におり、信者相手に説法をしているという。

白い壺がほしいと嘘を吐き、本堂へ案内してもらった。

表口には「看脚下《かんきやつか》」と禅語の書かれた板が置いてある。

足許をみつめよという教訓だが、騙り坊主に使ってほしくはない。

本堂は信者たちで埋め尽くされ、異様な熱気に包まれていた。

曼陀羅《まんだら》を背にして立つ道林は、顔の大きな入道だ。

目や鼻のつくりも大きく、厳《いか》つい図体をしている。

しんと静まった堂内に響く声は重々しく、説法は神仏に縋りたい者たちの心を鷲《わし》摑みにする内容だった。

「……たとえ住むところを失っても、生きておればどうにかなる。天災で失ったものを埋めあわせるには、みなで助けあわねばならぬ。贅沢《ぜいたく》を廃し、富める者は身代《しんだい》を削り、貧しい者たちに金品を差しださねばならぬ。慈悲の心とはすなわち、金品を差しだすことにほかならぬ。いくらことばを尽くしても、ことばだけでは貧しい者の慰めにはならぬ。ここにある壺は壺にすぎず、経典は経典にすぎぬが、慈悲の心をもって求めれば、求めたぶんだけ功徳《くどく》はかならずある。それゆえ、敢えて値はつけぬ。壺ひとつに身代すべてを投げだした分限者《ぶげんしゃ》は何人もおる。そうした者たちが、どれほど心の充足を得られたことか、これればかりは壺を買った本人にしかわからぬこと……」

殷々《いんいん》と響く声は読経《どきょう》にも聞こえ、うっかりしていると吸いよせられてしまう。騙りだとすれば厄介な相手だなと、求馬はおもった。

やがて、説法は終わり、信者たちはめいめいに寄進《きしん》をおこなってから去っていく。

小坊主に取次を頼むと、殺風景な部屋に案内された。

しばらく待っていると、道林が小坊主たちを連れてあらわれる。

小坊主たちは畳に壺や経典を並べ、そそくさと部屋から出ていった。

道林は上座にどっかり腰を下ろし、二束三文にしかみえぬ壺のひとつを撫でます。

「御膳奉行の矢背求馬さまであられるか」

「いかにも」

「壺をご所望《しょもう》とか」

道林は口許に笑みを湛《たた》えつつ、探るような眼差しを向ける。

後ろに座る佐山も気になるようで、ちらりと一瞥《いちべつ》を送った。

求馬は襟を正し、こほっと空咳を放つ。

「つい先日、知りあいが不慮《ふりょ》の死を遂げました。供養がしたい、何かできることはないかと、御小姓頭取の腰塚市之丞さまにご相談したところ、こちらのお寺をご紹介いただいたのでござる」

「腰塚さま……」

惚《とぼ》けたようにつぶやき、道林は宙に目を泳がせる。

「……ちと、存じあげませぬな」

知っているなと、求馬は察した。両者の繋がりが確かめられただけでも、足を運んだ甲斐はあったというものだ。

「して、御小姓頭取さまは何と仰せに」

「札差から金を借りてでも、壺を買う価値はあると、かように仰せでした。何せ、知りあいが亡くなり、それがし、気鬱《きうつ》の病《やまい》になりかけておりましてな、効験《こうげん》のある壺を求めて快癒《かいゆ》するのならば、札差からまとまった金を借りるのも吝《やぶさ》かではない。ただし、家の者も説得せねばなりませぬゆえ、道林禅師にお目に掛かってから決めようかと」

「そういうことでしたら、ご相談に乗りましょう」

「されば、いかほどご用意すれば」

「御膳奉行の御役料は、どれくらいでしたかな」

「二百俵にござります」

「されば、札差から百両は借りられましょう」

「つまり、壺の値は百両と仰る。それはあまりに法外《ほうがい》」

がらりと態度を変え、わざとぶっきらぼうな物言いをしてみせると、道林はわかりやすく顔を曇らせた。

「寄進の額は信心の深さをしめすもの。法外などということばを使えば、功徳は得られませせぬぞ」

「申し訳ござらぬ。ちと、言いすぎました。さっそく百両を工面し、こちらに寄進いたしましょう」

「ふむ、おわかりくだされば、それでよろしい」

道林が後ろの襖障子に目を向けたのは、帰れという合図なのだろう。

求馬は腰をあげかけ、また座りなおした。

「ひとつよろしいか」

「ん、何でござろう」

「禅師はさきほどから、しきりに功徳と仰せになるが、かつて仏教を庇護して善行を積んだ梁《りょう》の武帝《ぶてい》は、それで自分はいったいどれだけの功徳が得られるのかと、達磨《だるま》禅師に問うた。達磨禅師が何とこたえたか、教えていただけませぬか」

こたえは「無功徳」である。功徳などというものは幻で、この世に存在しない。真の功徳とは悟りの境涯で、真の智慧《ちえ》とは完全無欠な空であると、達磨禅師は応じた。この問答は、禅を修行した僧ならば誰でも知っているはずの公案にほかならない。

道林は訝《いぶか》しげな顔で黙った。知らぬのである。

「矢背どの、わしをためしておるのか」

「さよう。おぬしがまことの禅師ならば、その壺に一千両払ってもかまわぬ。されど、騙り坊主のおぬしには、鐚《びた》一文たりとも払う気はない」

「何じゃと」

「喝《かつ》っ」

片膝を立てた道林を、求馬は一言で制した。

凄まじい迫力に気圧《けお》され、道林は尻餅をついてしまう。

求馬と佐山は部屋を出て、後ろもみずに堂を離れた。

「してやったりにござりますな」

後ろにしたがう佐山が、嬉しそうに声を掛けてくる。

求馬は興奮の面持ちで甃《いしだたみ》の参道を颯爽《さっそう》と歩きながらも、勢いに任せてやり過ぎてしまったことを悔いていた。

六

しっぺ返しは、予期せぬときにもたらされた。

騙り坊主のもとを訪ねた二日後、真夜中のことである。

求馬は御城内中奥の宿直部屋で、深い眠りに就いていた。

疲れが溜まっていたのか、いつもは浅いはずの眠りがこの夜にかぎっては深く、褥を並べていた相番の「耳川」こと美川彦蔵が部屋を抜けだしたことにも気づかなかった。

子ノ刻を少し過ぎた頃、襖が開いて人影が三つ忍びこんできた。

三つであったかどうかなど、もちろん、その時点では気づかなかった。あとで振りかえったとき、そうであったにちがいないとおもったのだ。

仰向けに寝ていると、突如、息ができなくなった。

誰かが馬乗りになり、顔に座布団をかぶせてきた。

「……ぬ、ぬぐっ」

両手を取られ、抗うこともできない。

「ふふ、作造《さくづく》りじゃ」

遠退く意識の狭間で、そんな台詞を聞いたような気がする。

何者かが耳許で笑ったのだ。

つぎの瞬間、左手の小指に激痛が走った。

喉まで迫りだした叫びを吐きだす術もない。

おそらく、そのまま気を失ったのだろう。

誰かに平手打ちをされ、息を吹き返した。

「矢背どの、いかがされた」

美川の顔が鼻先にある。

底冷えのする寒さだというのに、全身の毛穴が開き、どっと汗が吹きだしてきた。

「悪い夢でもみられたか」

夢のはずはない。何者かが部屋に忍びこみ、求馬に「作造り」を仕掛けたのだ。牢屋敷の咎人《とがにん》たちが大部屋内の人減らしをおこなうべく、夜中に新入りを密殺する。それと同じやり口で、求馬は殺されかけた。

「痛っ」

左手に激痛が走る。

小指はあらぬほうへ曲がっていた。

無理に戻すと、骨の軋《きし》む音がする。

「まずいな、折れておるぞ」

心配そうに漏らす美川も、忍んできた連中の仲間なのではないかと疑った。

美川が厠に立った隙に忍んできたとはおもえない。あらかじめ、求馬をひとりにすることを命じられていたのではないのか。厠に行って戻ってくるあいだに「作造り」にあったとは考え難い。それでは短すぎる。求馬にとって、息ができぬ時間は永遠にも感じられたのだ。

疑いの目を向けても、美川の様子にこれといった変化はない。

考えすぎなのであろうか。

「寝ているだけで折れたのか」

「ええ、おそらくは」

求馬は嘘を吐いた。

美川は小首をかしげる。

「小指が折れるほどの夢とは、どのようなものであろうか」

「忘れました」

「されど、小指が使えぬとなれば、汁椀が持てぬかもしれぬ」

同情の眼差しを向けられ、求馬は力無く応じた。

「平気でござる。小指のこと、皆藤さまにはご内密に願います」

「よいのか、正直にお伝えせずとも」

「皆藤さまは、武士道不覚悟と断じられましょう。即座に、御役御免となるは必《ひつ》定《じょう》にござります」

「わかった。されど、無理はせぬことだ」

やはり、襲ってきた連中から「小指一本のことゆえ案ずるな」とでも吹きこまれていたのかもしれない。美川を疑う余地は残されている。

ともあれ、朝まで眠ることもできず、朝餉の毒味御用をおこなわねばならぬことになった。相番は事情を知る美川なので、見届け役にまわらせてもらい、椀を持つことも箸を持つことも避けられた。

だが、昼餉の毒味はそうもいかない。

不運にも、相番は鬼役の鑑《かがみ》と評される皆藤左近であった。

目下の者が毒味をするのが慣例ゆえ、このところは皆藤が見届け役にまわっている。

求馬は覚悟を決めねばならなかった。

痛みをいっさい面《おもて》に出さず、何食わぬ顔で箸を動かしつづけねばならない。

鬼門は一の膳に供されたつみれ汁、求馬は椀を持つ左手が震えぬように呼吸を整え、さりげなく手を伸ばす。

「待て」

皆藤から声が掛かった。

ぎくりとして、左手を引っこめる。

「顔色が優れぬようだが、いかがした」

「何ともござりませぬ」

「さようか。ならばよい。つづけよ」

「はっ」

緊張が痛みを殺したのか、椀を持つ手は震えずに済んだ。

鉢の煮物や平目の刺身、置合や口取にいたるまで、椀を除けばすべて紙で口を隠しながら、右手だけで箸を動かす。左手は紙を摘まんでいるだけなので、痛みに耐えてさえいればそれでよかった。

されど、昼餉には二の膳も供される。一の膳と同様に毒味を繰りかえし、塩焼きにされた鯛の骨取りにも挑まねばならなかった。正確さとともに、速さも求められる。手負いの鬼役にとっては厳しい試練だが、求馬はとどこおりなく骨取りを終えてみせた。

最後の鬼門となる吸い物もどうにかこなし、きゅっと口を結ぶ。

小納戸によって膳が下げられると、皆藤も静かに席を立った。

ほうっと、安堵の溜息を吐く。

これほど長く息を吐いたこともなかろう。

何とか役目をつづけられそうだとおもった。

が、安堵したのもつかのま、求馬にさらなる試練が襲いかかる。

文で炭置《すみおき》小屋へ呼びだされたのは六日後、煤払《すすはら》いの当日だった。

師走十三日は正月始めとも呼ばれており、天井から床の隅々まで竹箒《たけぼうき》で埃を払い、竈《かまど》の神である荒神《こうじん》の棚も取り替え、神官まで呼んで竈祓《はら》えの儀式をおこなう。

「やんもしろや、荒神の御前をみれば、あらかたや、あらかたや……」

御台所に奇妙な呪文が響くなか、文を届けにきたのは中奥の廊下を行き来する奥坊主であった。

――八つ、炭置部屋。

とだけ、殴り書きで記されている。

炭置部屋は御台所口の近くに何部屋もあるので、ひとつずつ確かめねばならない。

八つ刻には掃除もあらかた終わり、多くの者は下城していった。

四番目に覗いた部屋で待っていたのは、横地志津馬ら小姓たちにほかならない。

「ほほう、来おったか」

横地のほかに、中村金吾《なかむらきんご》と中村銑四郎《なかむらせんしろう》がいた。「二人羽織」と綽名《あだな》されるふたりのうち、中村金吾のほうが誰かを呼びに向かう。誰が来るのかは容易に予想できた。寝込みを襲った三人は、横地とふたりの中村だったにちがいない。三人はいずれも、腰塚市之丞の組下なのだ。

案の定、部屋にあらわれたのは、狐にしかみえぬ腰塚であった。

「そこに座れ」

求馬は四人に囲まれ、床に正座させられる。

腰塚が屈みこんだ。

「矢背、おぬし、何を探っておるのだ」

「何も探っておりませぬが」

「嘘を吐くな。禅寺へ行ったであろうが」

「牛込原町の尊沢寺なら、たしかにまいりました。騙り坊主から壺でも買ってやろうかとおもいまして」

前触れもなく、ぱしっと平手打ちされた。

「戯れ言を抜かすな。おぬし、駒野のことを探っておるのであろう」

「これは異なこと。自刃された駒野さまと騙り坊主に因縁があるのでしょうか」

ふたたび、平手が飛んでくる。

首が捻れるほどの勢いで叩かれ、ぶっと鼻血が飛んだ。

腰塚が声を押し殺す。

「駒野は五十両で壺をひとつ買った。さらに、もうひとつ壺を買うために、札差から五百両の借入をおこなった。札差が五百両を届けるはずだった日の朝、あやつめ、わしらへ当てつけるかのごとく腹を切ったのだ」

「それがしも下乗橋前におりました。腰塚さまは横地さまに命じられ、血染めの奉書紙を奪わせましたな」

「ふん、みておったのか。おぬし、よくよく運のない男だな」

腰塚は左手の小指を握り、ぎゅっと力を入れる。

「ぬぐっ」

痛みが脳天に突きぬけても、求馬は声をあげずに耐えた。

「ほほう、さすが皆藤左近の秘蔵っ子だけあって、打たれ強いな。されば、これはどうだ」

　腰塚が顎《あご》をしゃくると、物相椀《もつそうわん》が出された。

　悪臭を放っているので、鼻を摘まみたくなる。

「ふう、臭っ。馬糞のてんこ盛りよ。馬糞を食うのと、箸を持つ右手の人差し指を折られるのと、どちらがよい。どちらか選べば、この場から逃してやってもよいぞ」

　詮無いこととは知りつつも、求馬は抗った。

「何故、かようなことをなされる」

「きまっておろう。おぬしを黙らせるためよ」

　求馬は覚悟を決め、馬糞の盛られた物相椀を手に取った。

　そして、驚く連中を尻目に、馬糞を食ってみせたのである。

「ふへえ、食いおったぞ。指を折られるほうを選ぶとおもうたが、賭けはわしの負けじゃ」

　腰塚は袖口から小粒を三枚摘まみ、ほかの三人に手渡す。

「ふん、臭うてたまらぬ。矢背よ、命だけは助けてやる。それとも、駒野のように差腹でもいたすか。ふふ、悪いことは言わぬ。これ以上は穿鑿《せんさく》いたすな」

捨て台詞を残し、四人は部屋からいなくなった。

その途端、求馬は馬糞を吐き、気を失いかける。

ともあれ、酷い臭いを消さねばならない。

水桶と雑巾《ぞうきん》を探すべく、求馬は部屋から抜けだした。

七

腰塚たちのやり口は子どもじみていて陰湿だが、配膳掛の小納戸と濡《ぬ》れ衣《ぎぬ》を着せられた小姓頭取が死んでいるという事実は無視できない。

ところが、皆藤には「役目に集中しろ」と窘《たしな》められた。

炭置部屋での出来事を告げていないのに、何もかも知っているような口振りにも感じられた。

「たとえ子どもの喧嘩でも喧嘩両成敗が武士の定め。相手の誘いに乗れば身を滅ぼすだけのこと。そのことをよくよくわきまえよ」

わきまえたうえで、駒野を死に追いやった者たちの行為に目を瞑れというのか。

相手が皆藤であっても、求馬にはとうてい受けいれがたい教えであった。

炭置部屋で受けた屈辱は、誰にも喋っていない。志乃はもちろん、従者の佐山にも告げられなかった。

「糞を食わされた男の糞意地か」

自分でもよくわからぬが、不思議なことに沸騰するほどの怒りはなく、口惜しさもさほど感じない。小指の痛みも我慢できぬほどではなく、毒味御用もいつもどおりにつづけられており、平常心を保ちつづける自分が恐ろしくさえあった。

そうしたおり、かねてよりつきあいのある紀伊國屋《きのくに》文左衛門《ぶんざえもん》から、宴席に遊びに来ぬかと誘いがあった。

志乃との祝言《しゅうげん》の際に仲立ちをつとめた相手でもあり、無下《むげ》に断るのも忍びない。

日没ののち、ひとりで足を運んだのは、高輪縄手《なわて》の『香月《こうづき》』という茶屋だった。造作《ぞうさく》は二階建ての楼閣風、月見の名所としても知られ、文月《ふみづき》二十六夜の月待ちには予約でいっぱいになるらしい。

今宵は十五夜なので、客で溢れているのかとおもえば、そうでもない。

表口で出迎えてくれた女将に聞けば、何と、紀文《きぶん》の貸切なのだという。

言われてみれば、その程度のことはしかねないと納得できた。

何せ、紀文は日《ひ》の本《もと》一の分限者《ぶげんしや》にほかならない。

「その気になれば、日の本そのものを丸ごと買って進ぜましょう」

などと、豪語したこともあった。

その紀文に、どうしたわけか、求馬は気に入られている。当初は室井作兵衛に命じられ、用心棒をやったにすぎなかったが、五年前に取り潰しとなった甲斐《かい》国徳美《とくみ》藩の伊丹《いたみ》家にまつわる疑念を粘り強く探ったことで、紀文から信頼されるようになった。

だからといって、頻繁に呼びだされるわけでもないし、諸大名も平伏《ひれふ》すほどの豪商とよもやま話に興じるほど酒が好きでもなかった。

足を向ける気になったのは、憂さ晴らしをしたかったからだろう。

小姓たちから受けた仕打ちはあまりに酷すぎ、打たれ強い求馬もさすがにしんどさを感じていた。

空を見上げれば、満月が煌々《こうこう》と輝いている。

今日は赤穂浪士討ち入りの翌日でもあり、高輪の泉岳寺へも詣《まい》ってきた。

むしろ、泉岳寺へ詣ったついでに足を延ばしたというべきかもしれない。

二階の大広間からは、幇間《ほうかん》や芸者たちの笑い声が聞こえてくる。もちろん、大勢の客も招かれているのだろう。そうおもうと気が引けたが、今さら踵《きびす》を返すわけにもいかなかった。

大広間に踏みこむや、求馬ははっと息を呑んだ。

上座は空いており、脇の席に紀文がひとりで座っている。

眸子を擦っても、紀文のほかに客はひとりもいなかった。

「おや、遅いお着きで。矢背さま、ささ、こちらへどうぞ」

紀文みずから重そうな腰をあげ、袖を引くような仕種《しぐさ》で上座へと誘う。

「さあ、お注ぎ申しあげよ」

かたわらに侍った芸者が、くの字なりの恰好《かっこう》で酌をする。

くいっと豪快に盃を空けると、別の芸者が注ぎにあらわれた。

「駆けつけ三杯と言わず、ええ、何杯でも。今宵は矢背さまの貸切にござりますれば」

「紀文どの、待ってくれ。何故、誘ってくれたのだ」

「ほかに誘う相手もおりませぬゆえ。下り酒の新酒をひとりで呑んでも、不味《まず》うござりますからな。矢背さまなら、紀文の月見におつきあいいただけるかと」

「それだけか」

「ええ、それだけにございます」

華やかな芸者たちの装いや、笑いを誘う幇間の珍芸が、次第に求馬の気持ちをほぐしていった。

「酒もよいし、月も申し分ない。されど、矢背さまは何やらずっと、暗いお顔をしておられる。何か悩み事でもおありなのでしょうか。手前でよろしければ、聞いてさしあげますが」

求馬は迷った。

馬糞を食わされたはなしなど、ここですべきことではない。

それに、どうして馬糞を食わされたのかをはなせば、駒野源八郎が酷い苛めにあっていたことや差腹をしてみせた経緯、あるいは、道林なる騙り坊主が怪しい壺や経典を売りつけているはなしまで、あれこれ順序立てて喋らねばならない。

それでも、上等な酒がそうさせたのか、満月の導きでもあったのか、求馬は馬糞を食わされるにいたった経緯を怒濤《どとう》のごとく喋りきった。

紀文はじっと耳をかたむけ、肝心なところでは人払いまでしてくれた。

仕舞いには、がらんとした大広間にたったふたりで座り、差し向かいで酒を酌《く》みかわしている。奇妙としか言えぬ情況におかれていたのである。

「ふうむ、よくぞおはなしくだされた」

紀文は真剣な表情で、何度もうなずいてみせる。

「されど、これは存外に奥が深いはなしかもしれませぬぞ」

「どういうことであろうか」

「二千両で壺を買った商人がおります。それもひとりではない。何とその商人は壺を買ってしばらくのち、幕府御用達《ごようたし》の御墨付《おすみつ》きを手に入れました」

「まことか」

「はい。もはや、ただの騙りではない。道林なる坊主は高額で御墨付きを手にできる道筋を握っており、一部の商人はそのことを知っている。だとすれば、御上の御威信にも関わる一大悪事にござりますぞ」

前のめりになる求馬の盃に、紀文は冷めた酒を注いだ。そして、わずかに躊躇いながらも、はなしをつづける。

「柳沢美濃守さまのご宿老《しゆくろう》で、楢尾大膳太夫《ならおだいぜんだゆう》さまという御方がおられましてな。三人の御子のうち、ご長男は楢尾家を継ぎ、美濃守さまの御側に仕えておいでなのですが、次男と三男がちと訳ありにござります」

「訳ありとは、どのような」

「次男は幼い頃、家禄五百石のお旗本の家へ養子に出されました。粗暴な性分《しょうぶん》にもかかわらず、上に取り入る術も心得ておられるようで、今は小姓頭取まで昇進なさっておいでです」

「……ま、まさか」

「さよう、お旗本の姓は腰塚にござります。されど、驚かれるのはまだ早い。三男は次男に輪を掛けて粗暴なだけでなく、洟垂《はな》れの頃から周囲と揉《も》め事ばかり起こしてきた。それゆえ、十三で禅寺に預けられましてな。それでも素行の悪さはなおらず、今にいたっておるのだとか」

「三男とは、道林のことか」

「いかにも。御小姓頭取の腰塚さまと道林なる騙り坊主には、歴《れっき》とした血の繋がりがござります」

「まことかよ」

にわかに信じ難いはなしだが、事実だとすれば、ふたりが裏で手を組んでいる公算はきわめて大きいと言わねばなるまい。

「されど、容易《たやす》くは尻尾を出しますまい。楢尾さまは柳沢さまのご家来衆のなかでもたいそうお力のある御方、ご自身の地位を守るためならば何でもなされましょう。もしかしたら、できの悪い子息たちとはからい、荒稼ぎを目論《もくろ》んでいるのやもしれませぬ。それと申しますのも、先月に不審死を遂げた古着屋惣代の件にも関わっていた節がござりましてな」

「まさか」

「おや、やはり、矢背さまはそちらの件も調べておられたようですな」

調べていたどころか、柳沢家の隠密らしき剣客を斬った。

求馬は顎を突きだす。

「稲城軍兵衛と申す名に聞きおぼえはないか」

「ござりませぬ。その御方が何か」

「わしが斬った。柳沢家と繋がりのある隠密かもしれぬ。されど、飼い主まではわからなんだ」

「なるほど、飼い主は楢尾さまかもしれませぬな。公儀の勘定組頭と結託し、古着屋惣代からあがる運上金を掠《かす》めとっていたとのはなしもござります」

「驚いたな」

「くふふ、何かと噂の絶えぬ御方でして。手前も何度かお目に掛かったことがござります」

大名貸の申し込みを受けていたという。

「目から鼻に抜けるとは、楢尾さまのことを申すのかもしれませぬ。柳沢美濃守さまにとっては重宝な御方かと」

紀文は手酌で酒を注ぎ、ぐいっと盃を空けた。

「ぷふう、かようなおはなし、矢背さまにしかできませぬ。いずれにしろ、楢尾さまの後ろ盾には柳沢美濃守さまが控えておいでだ。いいえ、それだけではありませぬ。道林の背後にも大物が控えていると聞きました」

「大物とはいったい、誰のことだ」

「手前にもわかりませぬ。されど、柳沢さまと同等か、それ以上の御方にござりましょう」

側用人として権勢を恣《ほしいまま》にする柳沢吉保と同等かそれ以上の人物など、公方か御台所《みだいどころ》か御三家、御三卿の諸侯《しょこう》か、あるいは、老中以外には思い浮かばない。

紀文のはなしも、どこまで信じたらよいのかわからなくなってきた。

「相手が悪すぎまする。こたびは手を引かれたほうがよろしいかと」

求馬が聞く耳を持たぬことは、紀文もよく承知している。

「かえって、煽《あお》ってしまったのかもしれませぬな」

そのために呼ばれたような気もする。紀文のおかげで、うっすらとではあるものの、巨悪の輪郭がみえてきた。

少なくとも、差腹の件から手を引くという判断はあり得ない。

やらねばならぬと、胸に誓うかのように、求馬は満月に向かって盃をあげた。

八

紀文に英気を養ってもらい、求馬は覇気《はき》を取りもどした。

翌日は夕刻から道林を尾行し、神田橋御門のそばまで来ている。

「ぼろを出すとすれば、騙り坊主にござりましょう」

従者の佐山には、包み隠さずにすべてをはなした。

馬糞を食わされたくだりでは悔し涙を溜めて怒り、紀文のはなしには身を乗りだしてくれた。

相手が小姓たちであっても許すことはできず、背後にどのような巨悪が待ち受けていようとも怯まない。ともに悪事を解明してまいりますと、誓ってくれたのはありがたいものの、少しばかり暑苦しい感じもする。

ともあれ、道林の後ろ盾となる大物の正体が気になり、張りこんでみようと相談がまとまったのだ。

道林は途中で本銀町《ほんしろがねちょう》の為替《かわせ》両替に立ち寄り、懐中をずっしり重くしてから出てきた。

「壺を売った代金の回収かもしれませんな」

そうだとすれば、物騒《ぶっそう》なはなしだ。辻強盗に遭えば、ひとたまりもあるまい。

「されど、あの道林、腕っぷしにはかなり自信があるようで」

佐山の調べでは、尊沢寺に忍びこんだ夜盗《やとう》の一味をたったひとりで返り討ちにした逸話があるという。箔《はく》を付けるための作り話にもおもわれたが、堂々とした物腰から推せば、あながち作り話ではないのかもしれない。

ともあれ、道林は神田橋御門から御濠に沿って歩き、一橋《ひとつばし》御門へと向かっていった。

御門の近くには、由緒ありげな寺院の立派な山門が構えている。

「護持院《ごじいん》か」

公方綱吉の肝煎りで元禄元年に開山《かいざん》された真言宗《しんごんしゅう》の寺院である。住職の隆光《りゅうこう》は大僧正《だいそうじょう》の官位を授けられた人物で、綱吉と生母桂昌院からの信頼がことのほか厚く、生類憐《しょうるいあわれ》みの令《れい》を勧めた張本人とも目されていた。

京や奈良《なら》の寺社再建をさかんに進言し、幕府の財政を悪化させたとの悪評もあるが、綱吉が征夷大将軍《せいいたいしょうぐん》になったばかりの混乱期から精神の拠《よ》り所《どころ》となって支え、市井に流れる風聞程度ではびくともしない地位を築いている。

にわかに信じ難いものの、道林の後ろ盾が隆光ならば、たしかに「柳沢吉保と同等かそれ以上の人物」になるであろうし、求馬としても「相手が悪すぎる」という紀文の台詞を嚙みしめねばならない。

広大な境内には護摩《ごま》堂や祖師《そし》堂や観音《かんのん》堂などの大伽藍《だいがらん》が見受けられ、参道を歩く者はみずからの小ささを認めずにはいられなくなる。江戸じゅうの寺社境内では歳《とし》の市《いち》が賑やかにはじまっているが、護持院の山内に数多《あまた》の雑踏はなく、閑寂としたなかに読経の荘厳な音声だけが響きわたっていた。

道林は迷いもみせず、護摩堂の内へ消えていった。

読経が一段と盛りあがったやに聞こえたのは、気のせいであろう。

ふたりのすがたを目敏《めざと》くみつけ、月代頭の寺侍がやってくる。

「何かご用でしょうか」

質《ただ》されても動じることはない。

「参詣にござる。護摩堂に案内していただけませぬか」

にこやかに応じると、寺侍は油断のない眼差しを向けてから、護摩堂へと導いていった。

伽藍に踏みこむと、読経の声が下っ腹にびんびん伝わってくる。

隆光の面相が拝めればしめたものと、軽い気持ちで参詣人の列に紛れこんだ。

参道の人影はまばらだが、伽藍にはけっこうな数の人々が集まっている。

「白い壺はござりませぬな」

佐山は戯れ言を口にし、周囲から睨まれた。

僧の一団が須弥壇《しゅみだん》に向かい、熱心に経を唱えている。

黄金の袈裟を纏った僧侶だけがひとり、数段高い壇上の分厚い座布団に座っていた。

隆光であろう。

肉付きのよい背中しかみえぬが、大柄であることはわかる。

きっと、美味《うま》い物を食べているにちがいない。

精進潔斎《しょうじんけっさい》した僧侶はあれほど肥えておらぬはずだと、求馬はおもった。

やがて読経は終わり、隆光は袖を左右に広げるや、ふわりと立ちあがる。

振り向いた顔はふくよかで、紅潮した肌は艶《つや》めいてさえみえた。

「美味い物を食べておるな」

佐山はこれみよがしに発し、敵意の籠もった眼差しを浴びせる。

列する人々のなかに、道林のすがたはない。

奥の部屋で待たされているのだろう。

隆光は数珠《じゅず》を鳴らし、ゆっくりと近づいてきた。

齢は五十代なかば、額には黒い染みがめだつ。頬や顎下の肉には脂《あぶら》が詰まっており、血走ったぎょろ目で睨めつけられれば、仰《の》け反《ぞ》ってしまうほどの威圧を感じることだろう。

「このなかに不信心者がおるようだ。さきほどから邪気を感じる」

隆光はこちらに顔を向け、横柄《おうへい》な態度で顎をしゃくった。

「ほれ、そこじゃ、みつけたぞ。おぬしらは何故、そこに座っておるのだ」

求馬は立ちあがり、まっすぐに応じた。

「大僧正さまに伺いたい。衆生《しゅじょう》を騙して奪った金品であっても、お布施と呼んで差しつかえないのでござりましょうか」

隆光は眸子を細め、大きな口が耳まで裂けたかとおもうほど開いた。

「どはは」

と、太鼓腹を突きだして笑ったのである。

「このわしに問答を仕掛けてこようとはな。本来ならば伽藍を穢すようなことばは許されぬが、格別のはからいでこたえて進ぜよう。古人は道を学んで利を謀《はか》らず。今の人は書を読むもただ名と財なり。輪王《りんおう》の妙薬は鄙《いや》しうすれば毒となる。法帝《ほうてい》の醍醐《だいご》も謗《ぼう》すれば災をなす。大師さまのおことばじゃ。しっかり嚙みしめて行状《ぎょうじょう》を悔い改めよ」

隆光は袂をひるがえし、同じ歩調で遠ざかっていく。

求馬は眉間に皺を寄せ、佐山は啞然《あぜん》とした顔で見送った。

信者たちがぞろぞろいなくなっても、ふたりは伽藍から離れられずにいた。まるで、修験道《しゅげんどう》の行者《ぎょうじゃ》が使う不動金縛りの術を掛けられたかのようだった。

「さきほどの教え、どういう意味にござりましょうか」

佐山に問われ、求馬は淡々と応じた。

「いにしえの偉い人物たちは、名利のために努力したのではない。努力のすえに名利を得られたのだ。道を究《きわ》めるうえで邪心にとらわれていては、仏法のなかで珍重される輪王の妙薬も毒となり、諸仏でもっとも尊ぶべき大日如来の真言密教も災いをなす。とまあ、そんなところか」

「意味を伺っても、ようわかりませぬな」

「自分は名利を得たいがために仏門の徒になったわけではない。道を究めようとした不断の努力があったればこそ、名利を得られたのだ。財とて同じ、自分さえ道をあやまらねば、どのような手法で集められたものであっても、輝きを失うものではない」

「それゆえ、貰えるものは何でも貰えと、そういうことにござりましょうか」

物は言いようとも受けとれるが、名利のためではないと開きなおられれば、返すことばもなくなってしまう。

いずれにしろ、揺るぎない自信のあらわれとみてもよかろう。

むきになって応じてくれただけでも、ここはありがたいとおもわねばなるまい。

「あれれ、すっかり鉾《ほこ》を納めたご様子。やはり、相手が大物すぎますか」

「いかに大物であっても、騙りで奪った金品を得て、見返りに口利きをしているようなら、生臭坊主の所業と何ら変わらぬ。黙って見過ごす手はなかろう」

「頼もしい。殿に従《つ》いていくには、首がいくつあっても足りませぬな」

掛けあい万歳《まんざい》のような会話を交わしていると、さきほどの寺侍がやってきた。

「よろしければ、ご姓名をお聞かせ願えませぬか」

危ういとおもったのか、適当にごまかせと、佐山が目配せを送ってくる。

唐突に反骨心が頭を擡《もた》げ、けっして逃げるなと鼓舞してきた。

求馬は寺侍に向かって、姓名を正直に告げたのである。

もしかしたら、針の筵に座らせられるかもしれない。それでもいいとおもった。弘法大師も諭されたとおり、名利なんぞを求めず、おのれの信じた道を突きすすむ。それだけのことではないかと、求馬は荒々しい気分でみずからに言いはなった。

九

翌十七日は浅草観音の境内で歳の市が開かれ、注連縄《しめなわ》や裏白《うらじろ》などにくわえて、三方に供される橙《だいだい》や海老《えび》や山芋や昆布などの縁起物が商いされていた。

求馬は非番でもあり、志乃や猿婆ともども浅草寺《せんそうじ》にやってきた。

佐山は道林を張りこんでおり、供に従いてはいない。

志乃たちは求馬の苦悩を知らぬため、いつもどおりの気軽な調子で床見世《とこみせ》を素《ひ》見《や》かしている。

「ほら、これを」

賑やかな参道で、志乃は袖口から大黒天《だいこくてん》の小さな木像を取りだした。

「それをどうされたのですか」

「きまっておろう、床見世から盗んだのさ」

「えっ」

驚いてみせると、猿婆が小莫迦にしたように笑いかけてくる。

「知らぬのか。歳の市で大黒天を盗めば、福が舞いこむのじゃぞ」

そう言えば、亡くなった母からそんな言い伝えを聞いたこともあった。

志乃と猿婆は、臨機応変に喋り方を変える。外で興が乗ると口調もぞんざいになるので、求馬は婿入り前の気分に連れもどされた。他人行儀な物言いよりも気楽でよいとさえおもうのだが、肝心のふたりはどうでもよいらしく、求馬が戸惑っていることなど気にもしない。

左右を阿吽《あうん》像に守られた山門の外へ出た。

「何か、甘いものでも食べたいな」

志乃のことばを聞きながら、門前をぐるりと見渡す。

箱看板に「十三里」と書かれた屋台が出ていた。

栗（九里）より（四里）美味いと洒落た焼芋屋の屋台だ。

志乃は目を輝かしたが、屋台のほうから殺気走った月代侍がふたり近づいてくる。

気づいてみれば、背後にも怪しげな侍がふたり立っていた。

——くそっ、何でこんなところへ。

求馬は胸の裡《うち》に毒づいた。

腰塚市之丞に率いられた小姓たちなのである。

前から来るのは腰塚と横地志津馬、後ろを固めるのは「二人羽織」の中村金吾と中村銑四郎にほかならない。

殺気を放っているので、志乃と猿婆も身構えた。

「知りあいか」

志乃に尋ねられ、求馬はうなずく。

「御小姓の方々にござります」

「ふうん、何用かのう」

「はて」

惚けてみせたところへ、腰塚が呼びかけてきた。

「ほほう、かようなところで鬼役と出会うとはな。夫婦仲良く歳の市巡りか。お気楽なご身分ではないか」

「非番ゆえ、足を延ばしたまでのこと」

「わかっておるさ。横地に見張らせたからな」

「わざわざ、あとを尾《つ》けたと仰せですか」

「そうよ、理由はわかっておろう」

「いいえ、わかりませぬ」

「惚ける気か。おぬし、護持院へ詣ったそうではないか。懲《こ》りもせずに、道林の周囲を嗅ぎまわっておるのであろう。馬糞まで食わせたというのに、何故、首を突っこもうとするのか。その理由を聞いておかねばなるまいとおもうてな」

腰塚が顎をしゃくると、中村金吾が志乃の背後に身を寄せた。

寄せるどころか、後ろから志乃の右腕を乱暴に摑んで捻る。

「そやつは小柄を握っておる。下手に動けば、ぶすりといくぞ。女房を救いたければ、わしの問いにこたえよ」

腰塚に脅されても、志乃と猿婆は動じず、口を開こうともしなかった。

恐怖で縮みあがっているのだろうと、相手は勘違いしているにちがいない。志乃を怒らせたら後悔する。止めておけばよいのにと、求馬はおもった。

腰塚は薄い唇をぺろりと嘗める。

「おぬし、誰かの命で動いておるのであろう。その者の名を教えよ」

「名を聞いて、どうなさるおつもりです」

「さてな。ふふ、そやつを闇討ちにでもいたすか」

「無理でしょうな」

間髪《かんはつ》を容れずに応じると、腰塚は首をかしげた。

「どうして」

「早々に、方々は犯した罪を償うことになりましょう」

「犯した罪とは何じゃ」

「駒野源八郎さまに差腹をさせた罪にござります。もちろん、騙り坊主と結託し、怪しい壺を売った罪も併せて償わねばなりますまい」

「ええい、言わせておけば。おぬし、今がどういう情況かわかっておるのか。下手に抗えば、妻女ともども命の保証はないのだぞ」

「どうせ、斬るおつもりでござろう」

「ふふ、わかるか」

「ええ、刀を抜きたがっておいでのようですからな」

「ならば、望みどおりにしてくれようか」

腰塚が刀の柄に手を添えるや、猿婆がすっと動いた。

「動くな。婆はすっこんでろ」

叫んだのは、後ろに控える「二人羽織」のひとりだ。

猿婆は横跳びに跳ね、叫んだ相手の鼻面に拳を叩きこむ。

「ぶひぇっ」

鼻を折られた中村銑四郎が白目を剝いて蹲った。

すかさず、志乃が身をひるがえらせ、中村金吾の股間を蹴りあげる。

「ぐひゅっ」

さらに、前屈みになった金吾の脳天に踵《かかと》を落とし、一瞬で昏倒《こんとう》させてしまう。

仰天したのは前のふたりだ。刀を抜く暇もない。

猿婆がはっとばかりに土を蹴り、高々と宙に飛んだ。

横地の面前に舞いおり、右の拳で鼻の骨を叩きつぶす。

一方、求馬は腰塚に身を寄せ、刀を抜こうとした右の手首を摑んだ。

「……お、おぬしら、武術の心得があったのか」

腰塚が唇をわなわなと震わせる。

ひとりでは何もできぬ弱虫なのだ。

後ろから、志乃がゆっくり近づいてきた。

「そやつ、名は何と申す」

聞かれたので、求馬は応じた。

「腰塚市之丞さまにござります」

「さまなどつけるな」

「はあ」

「御小姓のくせに弱いのう。その程度の力量で、よくぞ公方さまの御側に仕えてこられたものじゃ」

「ぬう」

「口惜しいか。御小姓と鬼役とでは、身分に雲泥《うんでい》の開きがあるゆえなあ。しかも、わたしは女御《にょうご》、鬼役の女房にすぎぬ。さようなおなごから小莫迦にされれば、死にたくなるほど口惜しかろうよ。おう、そうじゃ、死んでもよいのだぞ。この場で腹を切れば、鬼役が介錯《かいしゃく》してくれよう。いや、せぬか。刀の錆《さび》になるだけのはなしかもしれぬ」

立て板に水のごとく喋り倒され、腰塚は一言も発することができない。

「さあて、どうしてくれよう。求馬どの、どうすればよい」

左手の小指が、ずきずきと疼《うず》いた。

「されば、右腕の一本でも折っていただきましょうか」

「面倒臭いのう。されどまあ、致し方あるまい。白刃を抜けば、とばっちりを食うかもしれぬゆえな」

突如、志乃は大声を張りあげた。

「ささて、門前の皆の衆。どうぞ、こちらへお集まりくだされ。ただ今より、狼藉《ろうぜき》をはたらいた暴漢どもを懲らしめてさしあげまする」

何だ何だと、野次馬どもが集まってくる。

すでに、横地と二人羽織は気を失っているので、誰もが興味津々の顔を向けてきた。

人垣が築かれると、浅草寺からは寺社奉行の配下も駆けつけ、町奉行所の廻り方や岡っ引きまでやってきた。

志乃は頃合いよしと見定め、求馬の肩をぽんと叩く。

求馬が阿吽の呼吸で身を放すや、腰塚は蹌踉《よろ》けながらも刀を抜いた。

「おのれ、女め、覚悟せよ」

袈裟斬りの一刀を、志乃はひらりと躱《かわ》す。

と同時に、腰塚の右腕を搦《から》めとり、膝のうえに据えるやいなや、ぼきっと粗朶《そだ》のように折ってみせた。

「あぎゃっ」

一瞬の静寂ののち、腰塚が痛みに耐えかねて絶叫する。

だが、絶叫よりも大きな喝采が沸きおこった。

人垣のなかから、瓦版屋が筆を嘗めながら飛びだしてくる。

「何処のご新造《しんぞう》であられますか」

聞かれても、志乃は「ふん」と鼻を鳴らすだけだ。

その仕種が粋で恰好良く、喝采は渦《うず》となって浅草寺一帯を包みこんだ。

腰塚たちはおそらく、腰抜け侍として裁かれるにちがいない。

通常ならば、切腹は免れぬであろう。

事情を知らぬ志乃が、はからずも仇を討ってくれたのだ。

駒野源八郎も草葉の陰で溜飲を下げてくれたことだろう。

ただし、求馬にはちょっとした地獄が待っている。

喧噪《けんそう》から逃れたところで、志乃に呼びとめられた。

「おい、おぬし、馬糞を食わされたのか」

否とも言えず、どぎまぎするしかなかった。

下手な言い訳をすれば、家から追いだされよう。

少なくとも、褥をともにするのは止めると言いだしかねない。

何とか言い繕う術はあるまいかと、求馬は必死に考えつづけた。

十

腰塚たちは謹慎となった。

小姓四人が一気に抜け、ほかの小姓たちへの負担が増えたかと言えば、表向きは平静さを保っている。謹慎の理由は明確にされていない。酔って喧嘩沙汰を起こしたとか、往来で行きあった女武芸者に痛めつけられたとか、さまざまに取り沙汰されたが、少なくとも求馬の名は出ていなかった。

小姓の不行跡《ふぎょうせき》は幕府の威信に結びつくためか、差腹への関わりや二束三文の壺を売りつけた罪状はあきらかにされず、切腹になるかどうかも判然としない。

数日経っても、腰塚の実弟で騙り坊主の道林は野放しのままであったし、求馬が不満を募らせていると、どうしたわけか、役目終わりに皆藤左近から「今からつきあえ」と声を掛けられた。

行き先も告げてもらえず、供の者たちも連れて、神田橋御門から城外へ抜けだしたのである。

神田川を越えて湯島へ向かい、中山道《なかせんどう》を北へ進んだ。

駒込追分《こまごめおいわけ》からは日光御成《にっこうおなり》街道をたどり、上駒込までひたすら歩きつづける。

やがて、左手に六義園がみえてきた。

園内には、柳沢美濃守吉保の下屋敷がある。柳沢吉保は加賀《かが》藩前田《まえだ》家の下屋敷跡地（約二万七千坪）を拝領し、七年もの歳月をかけて回遊式の築山泉水《つきやませんすい》庭園を築きあげた。綱吉も庭園をたいそう気に入り、毎月のように訪れている。

おそらく、柳沢邸へ向かうのだろう。

六義園には番士だった頃、下向《げこう》した綱吉の警固《けいご》役として一度だけ訪れていた。

当主の柳沢美濃守を間近で目にしたが、鼻筋の通った歌舞伎役者を髣髴《ほうふつ》とさせる面立ちだったことをおぼえている。

小納戸から昇龍のごとく出世を遂げた柳沢は、今や武蔵《むさし》国川越《かわごえ》藩七万二千石の大名にほかならない。五年前、左近衛少将《さこんえのしょうしょう》に叙任《じょにん》され、席次は老中の上となった。幕府奥絵師の狩野常信《かのうつねのぶ》に肖像を描かせ、自画自賛したとも伝えられている。不遜《ふそん》ともおもわれるようなことをしても、文句を言う者は幕閣にひとりもいない。何しろ、綱吉から世継ぎの相談まで受け、甲府宰相《こうふさいしょう》の綱豊《つなとよ》を推しているとの噂もあった。かねてより、みずからは甲斐武田《たけだ》家の血筋であると吹聴《ふいちょう》しており、綱豊が世継ぎとなったあかつきには、後釜として甲斐国を治めたがっているともいう。

中奥にもさまざまな臆測が飛び交っているようだが、もちろん、一介の鬼役にすぎぬ求馬の与《あずか》りしらぬはなしだ。ただ、権勢を恣《ほしいまま》にする柳沢吉保の邸宅へ呼びつけられたことが、求馬の心持ちに暗い影を投げかけていた。

不安を振り払うべく、おもいきって問うてみた。

「皆藤さま、どなたをお訪ねになるのでしょうか」

「楢尾大膳太夫さまだ」

「えっ」

あっさり応じてもらったことよりも、訪ねる相手の名を聞いて驚いた。

皆藤は意に介さず、六尺棒を持った門番にみずから名を告げる。

あらかじめ来訪を伝えられていたらしく、門番は案内の用人に繋ぎ、皆藤と求馬は用人の導きで屋敷のほうへ向かった。

日の本一とも評される庭園を愛《め》でている余裕はない。

楢尾大膳太夫は、腰塚市之丞の実父だ。実子に恥辱を与えられ、黙っていられるはずもなかろう。文字どおり、針の筵に座らされるにちがいない。事と次第によっては、首を刎《は》ねられる覚悟を決めておかねばならぬ。

求馬は意気消沈《いきしようちん》し、皆藤の横顔をみた。

平然としており、いつもと何も変わっていない。

頼り甲斐のあるお人だなと、求馬はおもった。

長い廊下をいくつも曲がり、中庭のみえる部屋へ導かれる。

下座に控えてしばらく待っていると、ずんぐりした猪首《いくび》の人物があらわれた。

狡猾《こうかつ》そうな眼差しは、実子の腰塚によく似ている。

こちらは狐というより、狢《むじな》であろう。

「宿老の楢尾じゃ」

上座にどっかり腰を下ろすなり、狢は太い声で名乗った。

「鬼役の皆藤左近じゃな」

「いかにも」

「おぬしの評判は聞いておる。毒を啖《くろ》うても死なぬそうではないか、ふはっ。して、そっちの配下は何と申したか」

「矢背求馬にござります」

「ん、そうであった。矢背とやら、単刀直入に聞こう。おぬし、稲城軍兵衛を斬ったのか」

「えっ」

唐突に稲城の名が出たので、求馬は面食らった。

稲城軍兵衛は勘定組頭の喜多見織部や北町奉行所与力の羽鳥敬吾とはからい、古着屋惣代殺しを画策し、運上金を掠めとっていた。稲城の背後に黒幕が控えている疑いはあったものの、その人物を特定する機会を逸していたのだ。

やはり、檜尾が黒幕だったのであろうか。

そう考えただけで、動悸が激しくなってくる。

檜尾はふんぞり返り、値踏みするような眼差しを向けてきた。

「やはり、おぬしが殺ったのか。稲城はわが家の用人でな、時折、わしが隠密御用を命じておった。されど、古着屋惣代殺しや運上金の件は、わしの与りしらぬはなしじゃ。死人に口なしとはよう言うたもので、死んでしまった者のことなど知らぬ。冷たいようじゃが、隠密とはそうしたものであろう。飼い主の名を言わずに死んでいく。それが隠密の矜持《きょうじ》じゃ。のう、矢背とやら、おぬしも稲城と同じ穴の狢なのであろう」

楢尾は皆藤に目を移し、薄く笑った。

「皆藤よ、おぬしらの正体をわしが知らぬとでもおもうたか。蛇《じゃ》の道はへび、わしの息が掛かった連中なら、中奥に何人も潜んでおる。寝首を掻かれたくなかったら、下手な動きはせぬことだ」

皆藤は静かに応じてみせる。

「仰る意味がよくわかりませぬ。毒味御用こそが鬼役唯一の御役目、ほかに御役目はござりませぬ」

「ほう、居直ったな。役目は毒を啖《くら》うことだけと申すのか」

「ときに応じて、毒をも啖う。仰せのとおり、それが鬼役にござります」

「されば、腰塚市之丞のことはどう説く。すでにわかっておろうが、市之丞は養子にやったわしの次男坊じゃ。浅草寺の門前で揉め事を起こした相手は、そこに座っておるおぬしの配下。いや、正しく申せば、そやつの妻女じゃ。女だてらに柔術を遣う。市之丞の右腕を折り、野次馬どもの面前で大恥を掻かせてくれたとか。それを聞いたときは、怒髪天《どはつてん》を衝《つ》くほどの怒りを感じたわ。矢背求馬とじゃ馬女房を、けっして許すわけにはいかぬ。そうおもうてな、揉め事を起こした張本人とその上役を呼びつけたのよ」

楢尾はじっくり間を空けて反応を窺い、威嚇《いかく》するようにつづけた。

「市之丞の命は助ける。わが殿にお願いすれば、難しいことではない。しばらくは謹慎させ、ほとぼりが冷めた頃をみはからって、御小姓頭取に戻すつもりじゃ。そして、いずれは御目付に昇進させる。そのための養子じゃ、無駄にはできぬ。無論、市之丞には嚙んで含めるように言いきかせておく。いい加減、子どもじみた遊びは止めるようにとな。おぬしらは差腹や壺のことを嗅ぎまわっておるようじゃが、無駄なことは止めておけ。動かぬ証しでもないかぎり、評定《ひようじよう》では取りあげられぬ。わしにはな、いくらでも阻んでみせる道筋があるのじゃ。のう、そこでだ皆藤よ。おぬしとは手を打つ肚でおる。隣に座る矢背求馬に腹を切らせよ。それで、何もかも不問にいたそうではないか。そやつは身分の差をも顧みず、徳川家のお宝とも言うべき御小姓を貶《おとし》めたのじゃぞ。斬首にせぬだけありがたいとおもえ。どうじゃ、皆藤。しかと返答せよ」

皆藤は表情も変えずに応じた。

「返答のしようもございませぬ」

「何じゃと」

「実子と言われたその御方、おなごに手も無く利き腕を折られ、生き恥を晒しているのだとすれば、まことに奇怪なはなしにござる。楢尾さまのお口添えで救うて差しあげるおつもりならば、合力《ごうりき》された方々も短慮《たんりよ》とみなされ、厳しく断罪されてしかるべきでござりましょう。御小姓であろうと何だろうと、武士に例外はござらぬ。その御方の父親ならばなおさら、厳しい御沙汰を望むべき筋にござりましょう」

口調は穏やかだが、斬れ味は鋭い。

皆藤の応対は、毒味御用の見事な所作に通じるものがあった。

楢尾は色を失い、怒りを抑えきれなくなる。

「よう言うてくれたな。皆藤よ、死にたいのか」

「正論を吐いて死なねばならぬというのならば、この世は終わりにござる」

「ぬう」

厳然とした迫力に気圧《けお》され、楢尾はぐうの音《ね》も出ない。
「されば、これにて御免」
皆藤は立ちあがり、畳を滑るように移動する。
遅れまいと、求馬もつづいた。
「鬼役づれが。おぼえておれ」
いくら吠えても、負け犬の遠吠えにしか聞こえない。
鬼役には脅しが効かぬことを思い知ったであろう。
皆藤左近は、何もかもわかっている。
わかったうえで、この身を守ってくれたのだ。
みずからの命を盾にしてでも、配下をとことん守りぬく。
皆藤の気迫が伝わったのか、求馬は廊下を渡りながら感極まっていた。

十一

その夜、御納戸町の家に戻ると、佐山が五分《ごぶ》月代の老いた侍とともに待っていた。

老いた侍は客間に案内されており、かたわらには白い壺が置かれている。

志乃と猿婆は息を潜め、顔をみせる様子もない。

「こちらは、駒野源兵衛《げんべえ》さまであられます」

佐山に告げられても、にわかに理解できず、差腹をやった駒野源八郎の父親だとわかるまで、しばらくの間があった。

「尊沢寺でお助けいたしました」

寺侍どもから手荒な目にあわされており、みていられなくなって手を差しのべたところ、素姓がわかったので連れてきたのだという。

源兵衛が掠れた声で喋りだす。

「危ういところをお助けいただき、佐山どのには感謝申しあげます。しかも、矢背どのは源八郎の死に疑念を抱き、御小姓たちの不埒《ふらち》な行状を調べておいでだと伺いました。さような御方がひとりでもいらしたことに驚き、これも未練を残して死んでいった源八郎の導きではないかと、かようにおもった次第にござる」

垢《あか》じみた着物を纏うみすぼらしい風体をみれば、今の暮らしぶりが容易に窺《うかが》える。改易となった旗本など、芥も同然に捨てられるだけ、拝領屋敷を逐《お》われたあとは、何処かの貧乏長屋で浪人暮らしを強いられているのだろう。

「源八郎はたったひとりの子にござりました。幼い頃より気弱なところもござったが、忠義に厚い親孝行者でしてな、あれを失ってから妻は床に臥せってしまい、それがしひとりで先立つわけにもまいりませぬ。いいや、老《お》い耄《ぼ》れふたりで自死してもかまわぬのですが、源八郎の無念だけは是が非でも晴らしたい。その一念だけで、生きながらえておるのでござります」

源兵衛は白い壺を差しだした。

「隠居のそれがしが与りしらぬところで、源八郎もこれを買わされました。この壺が原因で差腹をやったのだと、御目付筋に訴えたところで相手にされぬことはわかっております」

だいじな息子を失ってからは憑《つ》かれたように調べを進め、まずは札差から何枚かの借用書をみせてもらったという。

「こちらをご覧くだされ」

札差から譲られたという借用書をみせてもらった。借用金と返済期日、借入人の名と爪印が捺《お》してある。注目すべきは奥印《おくいん》と呼ばれる請人《うけにん》の名で、そこには「腰塚市之丞」と書かれており、爪印もしっかり捺されていた。

「二度三度と借金をする御小姓や御小納戸にたいして、札差はこれと同じような内容の借用書を受けとっていたそうです。ところが、すべて無かったことにされた」

金を返してほしいと、本人のみならず、請人の腰塚にも訴えたらしい。ところが、のらりくらりと躱されたあげく、柳沢美濃守に訴えろと言われ、言われたとおりに駒込屋敷を訪ねてみると、素っ気《そっけ》なく門前払いを食わされた。とどのつまりは、泣き寝入りするしかなかったというのである。

「それだけではござりませぬ」

源兵衛は調べをすすめ、道林から高額で壺を買ったにもかかわらず、幕府御用達の御墨付きを貰い損ねた商人を捜しあてた。

「道林は商人に詰めよられ、知らぬ存ぜぬで通そうとしましたが、只《ただ》で転ばぬのが商人というものにござります」

道林を酔わせて遊女まで抱かせ、みずから作成した覚書《おぼえがき》に日付と署名をさせ、血判まで捺させたという。

「覚書はこれに」

商人に頼んで借りてきたらしい。

求馬は中身を読み、そこに記されたとある人物の名に目を釘付けにされた。

「隆光とあるぞ」

「いかにも。商人は壺を買うにあたり、道林から聞いていたのだそうです。口利きは護持院の隆光大僧正さまにお願いするゆえ、御墨付きが得られるのはまちがいない。大船に乗った気でおれと言われ、そのことばを信じました。ゆえに、隆光さまの名を覚書に記し、道林の署名を取ったのだそうです」

源兵衛は覚書を懐中に携えて尊沢寺へ足を運び、道林に騙りの罪をみとめさせるつもりだったという。

「駄目元でも、やらねばとおもいました」

「なるほど、そういう経緯でござったか」

やむにやまれぬ父親の無念が痛いほど伝わってくる。

あくまでも覚書は商人が作成したものだが、これを使って一芝居打つことができるかもしれぬと、求馬はおもった。

どうやら、佐山も同じことを考えていたようだ。

「善は急げ。今からまいりましょう」

呆気《あっけ》に取られる源兵衛も引きつれ、騙り坊主を拐《かどわ》かしにいくのである。

佐山の調べによれば、道林は夜な夜な寺を抜けだし、神楽《かぐら》坂上の赤城《あかぎ》明神へ向からしかった。

「女郎買いか」

赤城明神の裏には、いかがわしい隠し町がある。道林はひとりで見世を渡り歩き、明け方まで入り浸っていることもあった。

なるほど、拐かすにはもってこいの場所だが、ひとりで出歩くだけあって、腕っぷしには自信を持っているにちがいない。こちらの素姓が知られてはまずいし、油断すれば失敗《しく》じる公算も大きいため、慎重を期さねばならなかった。

見送りもなく外へ出ると、辺りは闇に包まれている。

爪先まで凍るような寒さのなか、夜空を見上げれば白いものがふわふわ落ちてきた。

「雪だな。吉兆になればよいのだが」

さほど苦労もせずに、三人は赤城明神へたどりついた。

何処からか聞こえてくる念仏は、道心者《どうしんもの》の唱える寒念仏《かんねぶつ》であろうか。

湯気に包まれた夜鷹蕎麦《よたかそば》の屋台が、赤い鳥居のまえを流している。

「くうっ」

腹の虫を鳴らしたのは、痩せて貧相な源兵衛であった。

「お父上、蕎麦でも啜っていてくだされ」

求馬が小銭を手渡すと、遠慮しながらも離れていく。

「あれ、行っちまった」

佐山は羨ましげに漏らし、後ろ姿を目で追いかける。

やるべきことをやったら啜りにくればよいと、求馬はみずからに言い聞かせ、鳥居の脇から裏手の暗がりへ進んでいった。

「今宵にかぎってあらわれぬことはなかろうな」

「かの色坊主、昨日も一昨日も今時分に彷徨《うろつ》いておりました。今宵もかならず、やってまいりましょう」

佐山が言ったとおり、四半刻《しはんとき》（三十分）もせぬうちに、それらしき坊主頭の大男が露地裏にあらわれた。

ふたりは携えてきた黒頭巾をかぶり、たがいにうなずきあう。

「されば、それがしがさきに」

佐山は離れていった。

途中で物陰に隠れ、道林をやり過ごす。

前後から挟み撃ちにすれば、逃れようもあるまい。

「おい、騙り坊主」

佐山が後ろから声を掛けた。

道林は振り向きざま、ぶんと何かを振りまわす。

――ぼこっ。

鈍い音がして、佐山が倒れた。

「げっ、弱すぎるではないか」

と、求馬は吐きすてた。

道林は右手に棍棒《こんぼう》を提《さ》げている。

「莫迦め。わしを襲うなど百年早いわ」

呵々《かか》と嗤《わら》う態度がふてぶてしい。

「ままよ」

目論見が外れても、求馬は土を蹴りつける。

「道林、こっちだ。覚悟いたせ」

駆けながら、法成寺国光を抜きはなった。

「うぬらは何者じゃ」

「問答無用」

求馬はぴょんと跳ね、大上段から斬りつける。

小手調べの一撃は、軽々と躱された。

「死ねっ」

棍棒がこめかみに襲いかかってくる。

咄嗟に身を沈め、峰打ちで臑を狙った。

――がつっ。

金音がする。

何と、道林は鎖脚絆《くさりきゃはん》を巻いていた。

手が痺《しび》れ、怯んだ隙を衝かれそうになる。

「もらった」

片手持ちの棍棒が、逆落《さか》としに落ちてきた。

「ぬわっ」

脳天を割られる。

と、おもった刹那《せつな》、道林が白目を剝いた。

「くはっ」

口から痰《たん》を吐き、覆いかぶさるように身を預けてくる。

求馬は顔に痰を浴びたうえに、道林の下敷きにされた。

重い巨体は大岩のごとく、下から動かすこともできない。

手足をばたつかせると、ふわりと急にからだが軽くなった。

「殿、生きておられますか」

頭から血を流した佐山が、上から覗きこんできた。

不覚を取って気を失ったものの、身を起こしてみると、後ろ向きの道林が片手で棍棒を振りあげている。すかさず刀の鞘を右手持ちで掲げ、狙いを定めて投げつけた。すると、鞘の鐺《こじり》が道林の盆《ぼん》の窪《くぼ》に命中したのだという。

「おもった以上に強うござりましたな。ここで投げ技を披露するはめになろうとは、おもいもよりませなんだ」

自慢されても、素直に礼を言う気にはなれない。

棍棒の一撃を上手に躱しておけば、こうはならなかったのだ。

求馬は顔にへばりついた痰を手の甲で拭い、異様な臭さに顔を顰める。

「ともあれ、どうにかなりましたな。まことの勝負はここからにござります」

言われなくともわかっておるわと、内心で毒づきながら佐山を睨みつけた。

「さあ、急ぎましょう」

道林が気を失っているあいだに手足を縛り、目隠しをしてから猿轡《さるぐつわ》を嚙ませる。さらに、見世のひとつから戸板を外して拝借し、道林の重いからだをどうにか載せることができた。

呻《うめ》き声をあげるたびに、当て身を食らわせて静かにさせる。

今宵ひと晩だけ押し込めておく荒れ寺も物色しておいたので、ふたりは悴《かじか》む手で戸板の端と端を握り、蹌踉《よろ》めきながらも歩きはじめた。

十二

翌朝、下乗橋前はたいへんな騒ぎになっている。

駒野源八郎が差腹をしたのと同じ場所に筵が敷かれ、猿轡を嚙まされた坊主がひとり晒されているのだ。

雁字搦《がんじがら》めに手足を縛られ、棒杭に繫がれているため、自力で逃げることはできそうにない。かたわらに立てられた捨札には、楢尾大膳太夫の実子であることや、二束三文の壺を売って暴利を貪《むさぼ》る騙りの手口などが連綿と書かれ、末尾には注意書きが大きく記されてあった。

――柳沢美濃守さまのご裁定を待つべし。

この注意書きによって、番士たちは手出しができない。御目付衆ですら、勝手に移動させるのを躊躇《ためら》った。通りがかった役人たちは役目があるため、捨札にさっと目を通しただけで素通りしていかざるを得ない。

求馬は熨斗目《のしめ》に裃を着けて早めに出仕し、佐山とともに少し離れたところから見守っていた。

――どん、どん、どん。

腹に響いてくるのは、幕閣の重臣たちに登城を促す四つ（午前十時）の太鼓であろう。

柳沢美濃守は判で捺したように、毎朝、重臣たちの誰よりもさきにあらわれる。求馬は中之御門を守る番士だったので、そのことはちゃんとわかっていた。

十万石以上の大名は、大手御門の下馬札前から下乗橋の手前まで駕籠に乗ってくる。供侍は六人、草履取《ぞうりとり》はひとり、挟箱《はさみばこ》持《も》ちはふたり、駕籠を担ぐ陸尺《ろくしやく》は四人と従者の数まで定められており、柳沢家の供侍のなかに宿老の楢尾大膳太夫がふくまれていることも調べはついていた。

文武に秀でた者でなければ、当然のごとく供侍には選ばれない。供侍を率いるのは通常ならば留守居役《るすいやく》だが、不測の事態にも冷静に対処できる重臣を好む大名も少なからずいる。楢尾は柳沢家の供侍を率いていた。当主の美濃守から、よほど重用されているとみてよい。

幕閣随一の実力者から重用されているがゆえに、楢尾には過信があるのだろう。人を人とみなさず、身内が悪事に手を染めても握りつぶすことができると考えている。そもそも、二束三文の壺を売って大金を稼ぐ騙りの手口が、それほど悪いことだとおもっていない節もある。騙されて壺を買うほうが莫迦なのだと、悪びれずに開きなおる様子が、求馬には容易に想像できた。

「このあたりで、年貢を納めてもらいましょう」

佐山は気分を和《なご》ますつもりか、にっと笑いかけてくる。

だが、緊張のせいで頰は強張《こわば》り、ことばがつづかない。

「おぬしでも緊張するのだな」

「あたりまえにござる」

何せ、一世一代の芝居を打つにあたって、だいじな口上《こうじょう》を述べねばならない。歌舞伎の立役《たちやく》より何倍も難しい役まわりを仰せつかり、稽古もなしに本番一発で演じきらねばならぬのだ。

大手御門のほうから、駕籠の一団が悠然と近づいてきた。

駕籠は公方に遠慮して惣網代《そうあじろ》ではなく、腰だけ網代で上は板張りの打上網代《うちあげ》だが、屋根の色には公方と同じ溜色《ためいろ》の使用が許されている。

まちがいない、柳沢美濃守を乗せた駕籠であった。

「されば、段取りどおりに」

佐山が離れていった。

近づく駕籠の脇には、楢尾大膳太夫の堂々としたすがたもある。

刀の柄袋《つかぶくろ》は外されており、いつでも抜刀できる備えはできていた。

やがて、駕籠は下乗橋の手前で止まった。

窓は無双窓《むそう》でなく、御簾《みす》が下がっている。

草履取が身を寄せ、裏に金の金具が貼られた雪駄を揃えた。

駕籠のわずかな隙間から、裏白の紺足袋がひとつ差しだされる。

今だと、求馬はおもった。

「ご一同、ご注目あれ」

駕籠の後ろから、途轍もない大音声《だいおんじょう》が響いてくる。

佐山であった。

「そこな晒し坊主は道林と申し、楢尾大膳太夫の実子にござる。只同然の壺を売って暴利を貪る騙り坊主にござれば、厳正なお裁きを願いたてまつり申しあげまする」

啞然とした楢尾が我に返り、供侍に檄《げき》を飛ばす。

「あの者を引っ捕らえよ」

供侍たちは裾をたくしあげ、一斉に駆けだした。

それよりも早く、佐山は駕籠に背を向けるや、内桜田御門のほうへ一目散に駆けていく。

楢尾も駕籠から少し離れ、佐山の背中を目で追った。

一方、柳沢美濃守は晒された坊主を睨みつけている。

このとき、求馬は駕籠脇に潜んでいた。

美濃守の面前へ気配もなく忍びより、跪《ひざまず》いた姿勢で書状を差しだす。

駒野源兵衛から預かった覚書にほかならない。

「これが晒された者の懐中にござりました。美濃守さまのご裁定を待てと、捨札に記してござります」

「おぬしは」

「小人目付にございます」

下乗橋の守りが役目ゆえ、不審におもわれることはない。

美濃守は覚書を手に取り、顎を上下させながら目を通す。

読み終えると口をへの字に曲げ、覚書を懐中に仕舞った。

記された「隆光」という名に懸念を抱いたにちがいない。

求馬は頭を下げ、その場に畏《かしこ》まった。

楢尾が焦った調子で身を寄せてくる。

「殿、申し訳ござりませぬ。くせ者を逃しました」

「ふん、さようか」

美濃守は表情も変えず、晒された道林に顎をしゃくる。

「大膳、あの者はおぬしの実子か」

「えっ」

「実子かと聞いておる」

「……は、はい。されど、籍は抜いてござります」

「籍を抜いて済むはなしではあるまい。おぬしの実子は、隆光さまの名を借りて壺を売る代わりに、御用商人の御墨付きを仲立ちしたとあるぞ」

「さような戯れ言、お信じになられますな。晒された坊主の処分は、それがしにお任せあれ」

つぎの瞬間、美濃守の端整な顔が鬼に変わった。

「おぬしはいつから、さようなロがきけるようになったのじゃ」

「はっ」

楢尾はその場に畏まり、地べたに両手をついた。

美濃守の怒りはおさまらない。

「みっともない晒し場を早々に片付けよ。実子の始末をつけたら、おのれの始末もつけるのじゃ」

「えっ……は、腹を切れと仰せですか」

「さようなこと、わしに言わせるでない。おのれで考えよ」

「へへえ」

潰《つぶ》れ蛙《がえる》よろしく平伏す楢尾を尻目に、美濃守は足早にすたすた歩き、下乗橋を渡っていく。

駕籠脇で畏まっていた求馬が、すっと顔を持ちあげた。

同じく顔を持ちあげた楢尾と、ちょうど目が合う。

ふっと、薄く笑ってやった。

「おのれ、鬼役め。小細工しくさったな」

檜尾は片膝立ちになり、刀を抜こうとする。

求馬はさっと身を寄せ、相手の右手首を摑んだ。

万力《まんりき》のように締めつけると、檜尾は身動きもできなくなる。

「次男坊と同様、腕の骨を折ってもよい。切腹はできぬが、それでもよいのか」

「くっ」

檜尾のからだから、一気に力が抜けていった。

魂すらも抜けたように感じられたので、求馬は手を放して後退《あとじさ》った。

遠目から眺めれば、寒晒しにされた騙り坊主と見分けがつかない。

求馬は踵を返し、何食わぬ顔で下乗橋を渡った。

鬼役のなすべき役目を、おろそかにはできない。

三之御門を潜った頃には、檜尾のことなど頭から消えていた。

十三

師走は二十七日頃まで、市中のいたるところで餅つきがおこなわれる。ぺったんぺったんと杵《きね》の音が響くなか、侍たちは歳暮の挨拶《あいさつ》まわりに忙しい。

求馬のすがたは、佐山とともに護持院の門前にある。

朝の毒味御用を終え、帰路をたどらずに迂回《うかい》したのだ。

下乗橋前に晒された日の夕刻、道林は柳沢家の者に引き取られて斬首《ざんしゅ》となり、実父の楢尾大膳太夫は駒込屋敷内の一隅で腹を切った。楢尾家は石高《こくだか》を減らされたものの、存続を許されることになるという。重臣に腹を切らせたことで、一連の出来事の幕引きがおこなわれ、柳沢美濃守の責を問う声は何処からも聞こえてこない。

一方、隆光については、道林との関わりを指摘する声が少なからずあった。ただし、騙された商人の手になる覚書は表沙汰にされず、評定で取りあげられる事態にはいたっていない。覚書は大僧正の弱味として、美濃守の文筥《ふばこ》にでも秘匿《ひとく》されたにちがいない。いずれにしろ、隆光の罪はうやむやにされることだろう。

「道林は騙りで稼いだ金を、護持院へせっせと運んでいた。それだけは確かでござる」

献金した見返りに、身を守ってもらえると信じたからだ。ところが、あっさり見捨てられた。寺に集められた金は浄化され、所詮、元をたどることなどできない。巨悪は素知らぬ顔で生きのびるのである。

「情けないはなしにござるが、それが世のことわりというものかもしれませぬ」

佐山は溜息を吐いたが、表情は明るい。やるだけのことはやったという気持ちがあるからだろう。

求馬も同じ気持ちだが、やはり、口惜しさは否めなかった。

未練がましく護持院へ足を運んだのも、山門でも拝んで気持ちの整理をつけたいがためであった。

「そう言えば、腰塚市之丞はどうなったのでしょうな」

わからぬ。もちろん、気にはなっていた。横地志津馬や「二人羽織」と綽名《あだな》されたふたりの中村も、風の噂では家が改易となったやに聞いたが、本人たちがどうなったのかは知らない。

知る必要もあるまいと、求馬はおもいなおした。

武士の端くれならば、死んであの世へ逝くよりも、切腹もできずに生き恥を晒しているほうが辛《つら》かろう。

差腹をやった駒野源八郎も、そうおもってくれるにちがいない。

「殿に馬糞を食わせた罰が当たったのでござる」

佐山の言うとおりだ。逆恨みを晴らすべく姿をみせるようなら、あらためて引導を渡してやればよい。

馬糞と言えば、あいかわらず、志乃は口をきいてくれなかった。

どうすれば機嫌を直してもらえるのか、求馬は考えあぐねている。

護持院からの帰り道、足が重いのはそのせいだ。

町人地からは、三河万歳《みかわまんざい》の陽気な掛けあいが聞こえてくる。橋詰めの広小路では越後獅子《えちごじし》の子どもが演じる軽業《かるわざ》に人垣ができていた。大道芸人に物売りに門付《かどづ》け、師走は何処へ行っても賑やかで、落ちつく暇もない。

重い足を引きずり、御納戸町の家まで戻ってきた。

節分にはまだ早いが、門戸には柊《ひいらぎ》の葉に添えて鰯《いわし》の頭が挿してある。

「厄払いですな。お戻りになった途端、豆を撒《ま》かれるかもしれませぬぞ。鬼は外」

と、佐山は戯《ざ》れてみせる。

鬼を奉る矢背家では「鬼は内」と告げる風習を、まだ知らぬのだろう。

ともあれ、冠木門を潜って玄関までやってくると、門脇に大黒天の木像がちょこんと置いてあった。

求馬は屈みこみ、大黒天を拾いあげる。

突如、背後から割竹やささらの音が聞こえてきた。

みすぼらしい風体の物乞いたちが、手踊りをしながら門内へ躍りこんでくる。

「さっさござれや、さっさござれや、まいねんまいねん、まいとしまいとし、旦那の、お庭へお庭へ、飛びこみ飛びこみ、はねこみはねこみ……」

年の瀬の風物、節季候《せきぞろ》であった。

家のなかからも、志乃と猿婆が飛びだしてくる。

何故か、そのうしろから、駒野源兵衛もつづいた。

三人は節季候の動きに合わせ、楽しげに手踊りを踊りだす。

「ほら、求馬どのも踊りなされ。そっちの木偶《でく》の坊《ぼう》も踊りなされ」

志乃に命じられれば、言うとおりにするしかない。

剽軽《ひょうきん》に踊りながら、求馬は源兵衛のそばに近づいた。

どうしたのかと問えば、御城の御膳所に通う知りあいの庖丁方《ほうちょうかた》から、公方にしか供されぬ甘味を格別にお裾分けしてもらったのだという。

それを御礼替わりに携えたところ、下にも置かぬ歓迎を受けたらしい。

甘味の中身はわからぬが、志乃の機嫌が直ったことだけはわかった。

これも、浅草寺の床見世から盗んだ大黒天のご利益《りやく》であろうか。

まあ、そういうことにしておこう。

「さっさござれや、まいねんまいねん、旦那の旦那の、お庭へお庭へ、飛びこみ飛びこみ……」

節季候たちはいっこうに踊りを止めず、冠木門から出ていく素振りもみせない。

小銭をやらねば出ていかぬことに気づき、求馬は踊りながら袖の内をまさぐった。

手向《たむ》けの槍

一

年明け早々、信州《しんしゅう》の浅間山《あさまやま》が噴火した。周辺の村々は甚大な被害を受け、北関東一円が火山灰に覆われた。作物への影響は深刻で、人々は神仏に見放されたのではないかと嘆いている。

求馬も灰色の空を見上げては、溜息を吐くしかなかった。

「どうにかしてくれ」

中奥《なかおく》のさらに奥を睨みつけても、御休息之間の主人はうんともすんともこたえてくれない。政を司る老中や若年寄たちも、度重なる天変地異をまえにして打つ手がないかのようだった。

正月二日、国持《くにもち》大名は挙《こぞ》って年賀のために登城する。この日はまた、重きも軽きも身分に関わりなく「掃初之儀《はきぞめのぎ》」をおこなわねばならず、老中の秋元但馬守は率先して箒《ほうき》を持つと、表向《おもてむき》の御用部屋ばかりか中奥の廊下まで掃《は》き浄めた。下の連中も黙って眺めているわけにはいかず、誰も彼もが箒や雑巾を手にしたので、部屋も廊下も塵《ちり》ひとつないほどきれいになった。

求馬も箒を持ち、笹之間やその周辺を掃いた。

元日につづいて、夕餉の膳には兎《うさぎ》の羹《あつもの》が供された。これは「兎羹之儀《うさぎのあつもののぎ》」と称される縁起担ぎの行事で、徳川家の先祖が信州の豪族に兎の吸い物を相伴《しょうばん》に与ってから運が開けたという故事に因《ちな》む。老中と若年寄と大目付《おおめつけ》にも格別の配慮で羹が供されるのだが、御膳所のなかでは不謹慎にも新しい重臣が猫舌かどうかを賭けの対象にする者もあった。

由々しい出来事を耳にしたのは、夕餉の毒味を済ませたあとだ。

「つい今し方、御小姓たちの噂を小耳に挟んだ。御小姓の今永寛重郎《いまながかんじゅうろう》さまが、一関《いちのせき》藩三万石を領する田村右京太夫《たむらうきょうだゆう》さまの供先《ともさき》を割ったそうじゃ。これは一大事になるかもしれぬぞ」

何やら楽しげに告げてきたのは、噂好きの「耳川」こと美川彦蔵である。今ひとつ信用のならぬ相番は、仕入れたばかりのはなしを喋りたくてうずうずしていた。

「愛宕下《あたごした》広小路通の四ツ辻じゃ。右京太夫さまは御城で御年賀を済ませ、帰路に就いておられた。御上屋敷が目と鼻のさきに近づいたとき、裃姿の今永さまが暢《のん》気《き》なお顔で供先を横切っておしまいになった」

非番の今永は年始回りの最中だったらしく、行く先々で酒を呑まされていた。かなり酔っており、行列が近づいているのに気づかなかったという。

「すわっ、供先割りじゃと、走りの者が叫んだ」

供侍たちが一斉に駆けつけ、今永をその場に押さえつけた。右京太夫を乗せた駕籠は疾風のごとく通り過ぎ、家臣たちは何食わぬ顔で随従《ずいじゅう》したものの、乱暴に扱われた今永の怒りは収まらず、槍持ちをしたがえて駕籠を追いかけた。

「それで、どうなったのですか」

求馬は我知らず、はなしに引きこまれている。

膝を乗りだすと、美川は嬉しそうな顔をした。

「追いつくことができず、御上屋敷の手前で門前払いにされたそうだ」

それでも、今永はあきらめきれず、目付の多門伝八郎《おかどでんぱちろう》に経緯を訴えた。

「多門伝八郎さまにござりますか」

「そうじゃ。多門さまと申せば、市井でも知らぬ者はおらぬ。赤穂の浅野内匠頭《あさのたくみのかみ》さまがお腹を召された際、御検死《けんし》役として立ちあわれた御目付よ」

その多門伝八郎が、今永寛十郎の伯父なのだという。

あっと、求馬は察した。

「気づいたか」

浅野内匠頭は松之廊下で刃傷沙汰を起こした当日、愛宕下神保《じんぼう》小路にある田村屋敷の庭で切腹したのだ。田村家当主の右京太夫建顕《たけあき》と目付の多門伝八郎には、浅からぬ因縁がある。

右京太夫建顕は若い頃から学問に秀でていたため、綱吉に重用されて譜代《ふだい》格の奥詰衆《おくづめしゅう》に取りたてられ、奏者番《そうしゃばん》などの要職に就いてきた。ただし、切腹の立ち会いを命じられたこのときばかりは対応をあやまった。即日切腹との断を下した綱吉の怒りが伝わったのか、浅野内匠頭を大名として扱わず、咎人となすべく大紋《もん》を脱がせ、軟禁した座敷の襖には釘まで打たせたのだ。

切腹に際して幕府から派遣された検死役は、正使《せいし》が大目付の庄田安利《しょうだやすとし》、副使が目付の多門伝八郎であった。庄田は厳しい態度で切腹に立ち会い、田村右京太夫もこれに呼応した。多門だけは庭先で切腹させることに異を唱えたものの、田村右京太夫と庄田は取りあわなかったという。

切腹ののち、世間の風向きはあきらかに変わった。改易とされた浅野家には同情が集まり、無傷の吉良上野介は誅すべき敵役とみなされるようになった。すると、庄田は責を負わされるかのごとく、大目付の役目を解かれて寄合《よりあい》席に入れられた。無慈悲な態度を取った田村右京太夫への風当たりも強くなる一方で、武士の情けをみせた多門の評判だけは鰻《うなぎ》上《のぼ》りにあがったのである。

「内匠頭さまの切腹以来、田村家と多門さまのあいだには遺恨があった。少なくとも、世間はそうみている。今永さまは多門さまの甥御《おいご》ゆえ、田村家への嫌がらせで供先を割ったのではないかと勘ぐる者もおってな」

「まさか」

意図してやったとでもいうのだろうか。だとすれば、何のために。供先を割ってよいことなどひとつもない。相手も自分も傷つく。最低でも御役御免となり、腹を切らねばならぬかもしれぬ。それでもやらねばならぬ理由など、求馬にはおもいつかない。

「わしもじゃ」

　美川は厳めしげにうなずく。

「されど、先例がある。四年前、供先割りが原因で潰された藩があったであろう」

「あっ、中津山《なかつやま》藩にござりますか」

「そうだ。一関藩と同じ仙台《せんだい》藩の支藩で石高も三万石、しかも、供先を割ったのが御小姓という点まで同じ。こたびのことで中津山藩をおもいださぬ者はおらぬ」

　中津山藩の藩主であった伊達美作守村和《だてみまさかのかみむらより》は、伊達本家を治める陸奥守綱村《むつのかみつなむら》の実弟である。五年前の長月《ながつき》、飯倉土器町《いいぐらかわらけまち》の四ツ辻において、小姓の岡崎兵部《おかざきひょうぶ》が登城の途にあった美作守の行列を割ってしまい、これを押しとどめようとした伊達家の供侍たちから手荒な扱いを受けた。のちの調べで看過できぬこととされたのは、供侍たちが岡崎の刀を奪った行為であった。

「下された御沙汰は、直参《じきさん》旗本の刀を奪った従者と小人三人が死罪、美作守は配慮不足のために逼塞《ひっそく》とされた。一方、岡崎兵部は振舞いが性急との理由から御役御免のうえで逼塞となった」

　喧嘩両成敗で落着となるはずであったが、村和は兄綱村の預かりとなり、藩に分知《ぶんち》されていた所領は仙台藩へ戻された。中津山藩は成立から四年で消え、村和は陸奥《むつ》国の領内へ入部《にゅうぶ》することさえなく、今も何処かの僻邑《へきゆう》で幽閉されたままだという。

「藩主にとっても家臣たちにとっても、改易は地獄以外の何ものでもなかろう」

五年前の先例が脳裏にちらついたのか、田村家の供侍たちは今永寛重郎の刀を奪わなかった。

「たとえ、多門さまが乗りだしてこられても、田村家が改易となる事態だけは避けられよう」

今のところ、それがもっぱらの見方らしい。

とどのつまり、同じ仙台藩の支藩であることも、供先割りをやったのが小姓であることも、浅野内匠頭の切腹という因縁で結ばれていることも、何もかもが偶然だったと考えるしかなかった。

酔った小姓があやまって供先を割っただけのはなしだと、美川も本心ではおもっているのであろう。ただ、裏に何か別の事情があればおもしろいのにと、期待しているだけのことなのだ。

この日は宿直だったので、下城は翌日になった。

三日は判始《はんはじめ》、老中奉書や判物の作成を開始する重要な日でもあり、幕閣のお歴々は朝から忙しなく表向と中奥を行き来している。

求馬は喧噪を尻目に下城し、従者の佐山大五郎ともども帰路に就いた。

そして、御納戸町の家に着くまで供先割りのことはすっかり忘れていたのだが、おもいがけぬ相手から同じはなしを持ちだされた。

誰あろう、志乃である。

今朝方急に、秋元但馬守の上屋敷へ呼びつけられ、留守居の室井作兵衛から頼み事をされたのだという。

「頼み事」

首をかしげる求馬にたいして、志乃は面倒臭そうに言いはなった。

「供先を割った御小姓のこと、暇を託《かこ》っておる木偶の坊にでも調べさせよ」

木偶の坊とは、佐山のことだ。

理由を聞いても、まともなこたえは返ってこまい。それでも、駄目元で真意を質してみると、但馬守は多門伝八郎に日頃から目を掛けており、困っているようなので助けてやりたいとの趣旨らしかった。さっそく室井に命が下り、室井から志乃を通じて求馬に「頼み事」という呼び名の密命が下されたのである。

「面倒臭いはなしだと、室井さまも嘆いておられたわ」

以前からそうだが、面倒臭いはなしはことごとく、こちらにお鉢が回されてくる。

「そもそも、室井さまは鬼役に命を下す立場にはないと、ご自分でも仰ったはず」

それゆえ、さして気合いを入れることもなかろうと、志乃はめずらしく後ろ向きな発言をする。

求馬が驚いたのは、佐山の反応だった。

経緯を伝えた途端に顔を強張らせ、押し黙ってしまったのである。

そう言えば、佐山は室井の口添えで矢背家へ仕えるようになった。

釣り仲間だと冗談めかして言ったが、まことの関わりはよくわからない。

「どうなのだ」

改めて聞いてみると、不機嫌な口調ではぐらかされた。

まったく、わけがわからぬ。

ともあれ、嫌々ながらも受けた「頼み事」が、雄藩《ゆうはん》をも巻きこむとんでもない事態に発展しようとは、このときの求馬にはまったく想像もできなかった。

佐山は不機嫌になった理由を語らず、命じられた調べに淡々とのぞんでいる。御供先割りについては、いまだ評定にすら掛けられておらず、御沙汰の行方は判然としない。愛宕下神保小路の田村屋敷は水を打ったように静まり、主従に目立った動きはなかった。固唾を呑んで情勢を見守っているのかもしれない。

一方、今永寛重郎は上役から内々で謹慎の命を受けたらしく、番町の屋敷に籠もっていた。求馬は佐山を見張りにつかせ、みずからは周囲にそれとなく本人の評判を聞いてまわった。

勤めぶりは真面目で、剣術も学問もそこそこできる。ただ、気弱で少し気の利かぬところがあり、小姓向きとは言えない。数年前に病没した実父は多門伝八郎の実弟で、次男坊の寛重郎は男児のいない家禄四百石の今永家へ婿入りさせられた。

今永家の義父は健在だが、寛重郎が父親替わりと慕っているのは多門のほうらしく、盆暮れにはかならず挨拶に伺う。二日の年賀も、寛重郎はまっさきに多門

二

家へ挨拶に訪れたという。

本日六日は寺社参賀。朝から僧侶や神官や山伏までが城内に集まり、公方綱吉への参賀を許された。

午後になって下城し、内桜田御門を潜ったところ、佐山が微動だにせずに待っている。

「今永寛重郎は屋敷に籠もったきりにございます。ただ、当日の足取りを調べてみますと、妙な訪ね先がひとつございました」

佐山は暗い表情で、抑揚《よくよう》もなく漏らす。平常《ふだん》は喜怒哀楽を素直にあらわす男なので、求馬は心配を募らせた。

「妙とは、どういうことだ」

年賀の挨拶をすべき相手の住まいは駿河台と番町に集まっており、飯倉には一軒もなかった。にもかかわらず、今永は供先を割る直前、露月町《ろげつちょう》の露地裏にある黒塀の仕舞屋《しもたや》を訪ねていた。

「ほう、黒塀の仕舞屋か」

「妾《めかけ》を囲っているのかも。手前の勘にございますが、家人には内密にしているような気がいたします。ともあれ、妾とおぼしきおなごに問えばわかりましょう。

殿さえよろしければ、今からまいりませぬか」

「よし、まいろう」

芝までの道程はかなりあったが、さほど遠くは感じなかった。万歳に春駒《はるこま》、鳥追いに猿廻し、獅子舞いに大黒舞いに太神楽《だいかぐら》、行く先々に大道芸人や門付《かどづけ》芸人たちがおり、華やいだ正月気分を味わうことができたからだ。

武家には早々に服忌令《ぶっきりよう》が施行されており、縁者を亡くした者は決められた期間、喪に服すことが厳格に定められた。市井にあっては突富《つきとみ》が禁止となり、寺社境内で興行を催して浮かれ騒ぐこともできなくなっていた。以前よりもいっそう息苦しい世の中になったが、大道芸人や凧揚げなどといった正月の風景が消えたわけではない。

露月町の露地裏には、なるほど、黒塀に囲まれた仕舞屋が何軒か並んでいた。

「今永寛重郎め。そっと屋敷を抜けだし、ここに訪ねてくるやもしれませぬな」

佐山の言うとおり、あり得ぬはなしではなかろう。今永は婿養子だった。妻に頭があがらず、屋敷のなかで肩身の狭いおもいをしているとすれば、外に息抜きの場がほしくなってもおかしくはない。

さまざまに臆測しながら、ふたりは表口のまえに立った。

突如、すっと引き戸が開き、垢抜けた年増が顔をみせる。

「うわっ」

吃驚《びっくり》して腰を抜かしかけたのは、佐山のほうだった。

年増が笑ってくれたおかげで、和んだ雰囲気になる。

「もしや、今永さまのお知り合いであられましょうか」

年増のほうが、都合よく勘違いしてくれた。

はなしに乗ろうと、佐山が目配せを送ってくる。

求馬は下手な嘘を吐いた。

「さよう。そなたに、ちと聞きたいことがあってな」

「畏《かしこ》まりました。あのようなことになったのも、わたしのせいなのですから」

「あのようなこととは、供先割りのことであろうか」

「ほかに何がござりましょう」

年増に導かれ、ふたりは敷居の内へ足を踏みいれた。

玄関に近い客間に案内され、茶まで出してもらう。年増は「たき」と名乗った。

夕河岸へ買物に行こうとしただけなので、少しくらいはおはなしをしてもかまわない。むしろ、誰かに悩みを聞いてもらいたかったと、おたきは涙ぐみながら喋りだす。

「今永さまは、どうしておられるのですか」

「おぬしに会いたがっておったぞ」

と、佐山が上手に調子を合わせた。

「しばらくのあいだのことゆえ、案ずるなと申しておった。それを、おたきどのに伝えてほしいと」

「まことにございますか」

おたきは黒目がちの眸子《まなこ》を輝かせる。

嘘も方便、ここは佐山に任せるしかあるまい。

「ところで、さきほどのはなし、供先割りは自分のせいだと言ったな。あれは、どういう意味だ」

「今永さまは、宴席でそそのかされたのでございます。供先を割ってみせたら、わたしを譲ってやる。五百両の御祝儀までつけてやると言われ、今永さまは乗り気になっておしまいに。お酒の席での戯《たわむ》れかとおもっておりましたが、今永さまはほんとうにやっておしまいになった。わたしにはそのことが、今でも信じられませぬ」

「すまぬ。ちと事情が呑みこめぬゆえ、問いにこたえてもらえぬか」

佐山のことばに、おたきはこっくりうなずく。

「はい、どうぞ」

「おぬしは、今永寛重郎の妾ではないのか」

「妾にしていただいております。されど、半囲《はんがこ》いなのでございます」

「半囲いというと、今永以外にも旦那がいると申すか」

「はい、陸奥屋仁惣次《むつやにそうじ》という廻船問屋《かいせんどんや》の旦那に囲われております」

そもそも、おたきは吉原《よしわら》の大見世《おおみせ》で花魁《おいらん》をやっていた。橋立《はしだて》という源氏名《げんじな》の御《お》職《しょく》までつとめた人気者であったが、二十七の年季明けも近づいたころ、陸奥屋に一千両の樽代《たるだい》で身請けされた。妾になったあと、陸奥屋主催の宴席で今永に見《み》初《そ》められ、今永が三顧《さんこ》の礼で陸奥屋におたきを譲ってほしいと頼んだという。

「今永さまは後先も考えず、突っ走っておしまいになられたのです。温厚なご性分なのに、こんなわたしのために命を差しだそうとまでなさった。身分の高い御旗本にあそこまで本気になっていただけるなんて、絆《ほだ》されぬおなごはおりません」

陸奥屋も折れた。ただし、今永には一千両の樽代を払う力はない。求馬たちがおもったとおり、入り婿ゆえに家では肩身の狭いおもいを強いられており、妾を持つことなどもってのほかだった。

そもそも、妾を囲うには若すぎる。ふつうならば、あきらめよう。されど、今永のおもいは強く、陸奥屋も引っ込みがつかなくなった。そこで、ふたりでひとりの妾を囲う半囲いというかたちを取ることにした。しかも、今永は樽代を払わずともよく、月の給金も気持ち程度でかまわぬようになった。

陸奥屋が太っ腹なところをみせたのは、公方のそばに仕える小姓にたいして大きな顔がしたかったからだ。少なくとも、おたきはそうみている。

「だから、あんなことを」

陸奥屋が主催した暮れの宴席において、供先割りのはなしが出た。そのとき、おたきも酌手として呼ばれていた。さすがに提案したのは陸奥屋ではなく、上座に座った主賓《しゅひん》格の人物であったという。

「天野弾正《あまのだんじょう》さまであられます」

仙台藩伊達家六十二万石の勘定奉行である。

年嵩《としかさ》で経験を積んでいるとはいえ、陪臣が直参旗本の上位に座り、目下にたいするような物言いで無謀なはなしを持ちだす。にわかに信じがたいが、それも今永が弱味を握られていたからこそのことだ。

陸奥屋は天野の口利きで伊達家の御用達になっており、両者には深い関わりがある。陸奥屋に頭のあがらない今永が天野から子ども扱いされているのは、詮無いことでもあった。

それにしてもと、求馬はおもう。

どうして供先を割ってしまったのか。

おたきによれば、今永家は伊達家の出入《でいり》旗本であったという。幕初の頃、出入旗本は藩の監視役として定められたが、近頃はただ小遣いをせびるだけの厄介者《やっかいもの》になりさがっていた。伊達家ほどの雄藩になれば、出入旗本もひとりやふたりではなく、旗本の身分や力量に応じて松竹梅と格付けまでなされているという。

「今永さまは、宴席で『梅』と呼ばれておりました」

小莫迦にされていたのだ。そうでなければ、陪臣風情から供先を割れなどとは提案されぬだろうし、御用商人も悪乗りをして妾を譲るなどとは言わなかったであろう。

おたきもそれ以上は知らぬようだが、相手に支藩の一関藩を指定したのは天野だったのかもしれない。そうであったとすれば、酒席での戯れ言として済ませられぬような気もしてくる。

今永が無謀な行為に走った経緯を聞きながら、求馬は何らかの黒い意図を感じざるを得なかった。

「今永さまは御役目に飽いておられたのかもしれません」

おたきは淋しげにつぶやいた。

「侍を辞めたいと、寝枕で何度も仰いました。今にしておもえば、あれはご本心だったのかも」

供先を割って御役御免になってもよいと、覚悟を決めていたのかもしれない。侍を辞めれば、家で肩身の狭いおもいをせずともよいし、おたきとふたりで気儘《きまま》に暮らすことができる。そんな気持ちでふらふらと大名駕籠の鼻先へ歩きだしたのだとすれば、哀れな感じもする。

求馬はおたきに聞かれて身分を打ちあけたが、陸奥屋には内密にしてほしいと念を押すことだけは忘れなかった。何かあったら御納戸町の家を訪ねてほしいと言い添え、黒塀の仕舞屋をあとにしたのである。

三

おたきのはなしを聞いて、目付の多門伝八郎が配下を使って調べさせないのはどうしてか、わかったような気がする。

情けない甥の行状は、父親替わりと目される自分の評価にも繋がる。目付のつぎは遠国《おんごく》奉行、さらには下三奉行や三奉行と立身出世を狙う多門としては、藪蛇《やぶへび》になることを恐れたのではないか。可愛い甥のためにというよりも、そちらの理由のほうがしっくりきた。

翌七日は七草《ななくさ》の礼、松の内の終わりを飾る節句の行事である。

毒味の御膳には、芹《せり》、薺《なずな》、ごぎょう、はこべらなどの七草を入れて煮込んだ粥が供された。

兎の羹のときもそうであったが、相番の美川は「あっちち」などとつぶやき、粥を啜っていた。もしかすると、鬼役に不向きな猫舌なのかもしれない。そのことを指摘すると、美川は照れたように「そうだ」と応じた。だからどうした文句でもあるのかと、鋭い眼差しで開きなおられれば、苦笑するしかない。

夕刻、御膳所裏の厠へ向かうと、物陰に怪しげな気配がわだかまっていた。

「伝右衛門どのか」

囁きかけると、声だけが返ってくる。

「久方ぶりだな。上様の御いちもつを握りながら、おぬしの忠勤ぶりを遠目から眺めておったぞ」

「評価は」

「まああだな。されど、あいかわらず詰めが甘い」

「と、言うと」

「古着屋惣代の件も、騙り坊主を晒した件も、始末のつけ方が危なっかしい。傍《そば》でみていて、はらはらさせられる」

「上の評価も同じか」

求馬は小姓組番頭格の橘主水を念頭に浮かべた。公人朝夕人は橘とのあいだを繋ぐ役目を課されているからだ。

「そうおもうがよい。先回もだが、こたびも御小姓が絡んでおるからな」

「なるほど、御小姓組を束ねる橘さまとしては、見過ごせぬというわけか」

「勘違いいたすな。御小姓を束ねてはおられぬ。職禄四千石の組頭さまは、ちゃんとほかにおられるからな。組頭に格がついている理由は、小姓たちと関わらずともよいという御墨付きのようなものだ。上様に害をなす邪智奸佞《じゃちかんねい》の輩を炙りだすためには、それなりに箔の付く地位が要るというだけのはなし。それゆえ、おぬしのせいで御小姓がどうなろうと、橘さまは何ひとつ心を動かされぬ」

「気を遣わずに調べをつづけよということか」

「そうは言っておらぬ。こたびの供先割りについて、調べよと命じたのは橘さまではない」

伝右衛門に命じておらぬと言わせておきながら、橘は何もかもわかっている様子だった。

「至極当然であろう。室井さまは橘さまの了解を得たうえで、おぬしを動かそうとなされたのだ」

すでに手が離れているというのに、何故、この身に探索させようとするのか。

「まことの理由はわからぬ」

と、伝右衛門は言った。

「まことの理由」

「ああ、そうだ。秋元但馬守さまが御目付の多門伝八郎さまに泣きつかれた。たったそれだけで、鬼役を動かすわけがあるまい」

「何なのだ、まことの理由とは」

「わからぬと申しておる。どうしても知りたければ、室井さまから直《じか》に伺うしかなかろう」

伺えと、暗に命じられているような気もする。

伝右衛門が暗闇から、のっそりすがたをみせた。

「数刻前、赤坂《あかさか》の桐畑で御小姓がひとり斬られた。どうやら、今永寛重郎らしい」

「えっ」

唐突に告げられ、求馬は耳を疑った。

「袈裟懸けの一刀で胸をばっさり。斬った相手は手練にちがいない」

小姓が斬死したとなれば、伯父の多門も徒目付や小人目付を動かさざるを得なくなるだろう。

「ただし、裏の事情は秘され、辻斬りの仕業にされて落着かもしれぬ」

「どうして、そう言いきることができる。そもそも、裏の事情とは何だ」

「それを調べるのが、おぬしの役目であろう。ただし、おぬしにとって致命傷となるかもしれぬことが同時に起きた」

求馬が喉仏を上下させると、伝右衛門は顔をぐっと寄せてくる。

「驚かずに聞け。おぬしの従者、佐山大五郎が行方知《ゆきがた》れずとなった。目付筋は佐山を辻斬りかもしれぬと疑い、手分けして行方を追っているようだ」

「……ま、まさか」

「今永を見張らせていただけだと、おぬしは言いたいのであろう。そうだったのかもしれぬ。今永は家に籠もっていられなくなり、芝露月町の妾宅《しょうたく》へ忍んだ。帰り道に溜池沿いの桐畑を通った。佐山は斬られた瞬間をみていた。あるいは、立ちあったのかもしれぬ。いずれにしろ、その場にいたにもかかわらず、その場から逃げた。ほかの誰かが眺めていて、訴えたのかもしれぬ。いずれにしろ、辻斬りと疑われても弁明の余地はあるまい」

濃密な間隔で植えられた桐の木は、葉をすべて落としていた。それでも、桐畑は昼なお暗い坂道だ。辻斬りや追い剝《は》ぎの出没しやすいところでもある。だからといって、辻斬りに殺られたとはおもえぬし、ましてや、佐山が殺ったなどという戯れ言を真に受けるわけにはいかぬ。

「戯れ言とおもうのか。ならば、今永は誰に斬られたのだ。何故、佐山は行方知れずになったのだ。御目付に理由を問われ、おぬしはしかとこたえられるのか」

幸い、目付筋は佐山大五郎の素姓までは探りだしていない。矢背家との接点はあきらかにされておらず、当面は御納戸町に役人が押しよせてくることもなかろうが、いつまで平穏がつづくかはわからぬ。

「のんびりと構えてはいられぬぞ。それを伝えておきたくてな」

伝えるだけで消えてしまうのかと、求馬は怒鳴りつけてやりたくなった。

今永が斬られたことも佐山が行方知らずになったことも、まったく予期していなかっただけに、頭のなかは混乱している。

伝右衛門は暗がりに溶けてしまった。

求馬は部屋に戻って帰り支度をまとめ、急いで城外へ飛びだした。

杏《あんず》色の夕陽は西にかたむき、御殿の甍を朱に染めている。

巣に戻る鴉《からす》を目で追い、御門をいくつか潜りぬけた。

玉砂利のうえを小走りになり、内桜田御門へ向かう。

御門を潜りぬければ、佐山が待っているはずだ。

待っていてくれと、期待した。

伝右衛門のはなしは嘘だと、胸中に叫ぶ。

瞼子を閉じて御門を潜り、覚悟を決めて目を開いた。

佐山はいない。

代わりに、手足の長い婆が立っている。

猿婆だ。

背中には、おなごをひとり庇っていた。

地味な小紋を纏ったおなごが、ひょっこり顔を出す。

「あっ、おぬしは」

「おたきにござります」

妾宅に駆けこんできた佐山に急《せ》きたてられ、身ひとつで飛びだしてきたらしい。

「今永さまのことは伺いました。残念でたまりません」

すでに、涙が涸《か》れるほど泣いたのだろう。そんな顔をしている。

「佐山さまから、陸奥屋には行くなと命じられ、ほかに頼るところもなく……」

御納戸町の家を訪ねたのだという。

猿婆がはなしを遮り、息が掛かるほど近くに身を寄せてきた。

「おぬし、何かあったら家を訪ねてほしいとか、甘い台詞を吐いたのであろう。

あのおなごを目にされるや、志乃さまはご機嫌を損ねられた。おなごを匿《かくま》うかどうかは、おぬしに決めさせろと、わしに預けたのじゃ。今すぐ、どっちにするのか決めよ」

それだけのために、わざわざ内桜田御門まで連れてきたらしい。

無論、拒むはずはなかろう。そんなことは、志乃とてわかっているはずだ。

「わかっておっても、そうしたくなる。それが女心と申すものじゃ。惚《ほう》けた面をいたすでない。ふん、あいかわらず、どこまでも鈍い男だな」

猿婆は聞こえぬほど小さな声で、もごもごと愚痴をこぼしつづける。

後ろで心配そうに首を伸ばすおたきは、おそらく、今永を斬った連中から命を狙われているのだろう。

そうでなければ、佐山がこのような行動を取るはずはない。

拒むことなどできるはずがなかろうと、胸の裡《うち》で文句を漏らす。

もとはと言えば、志乃が室井から頼まれたはなしではないか。

みずから率先して助けてやろうと、せめておもうべきだろう。

「くそっ」

求馬は我慢できずに悪態を吐き、猿婆に睨みつけられた。

四

一千両の樽代で身請けしてくれた陸奥屋と、昨日会ったばかりの佐山大五郎、どちらを信じるのかと問われれば、迷いなく陸奥屋を選ぶにちがいない。常識ならそう考えるはずだが、おたきは佐山を信じて求馬に庇護を求めてきた。

それは常日頃から、陸奥屋に良い感情を抱いていないという証しでもある。

夜になっても佐山は戻ってこなかった。猿婆に調べさせてみると、多門伝八郎の率いる目付筋はどうやら血眼《ちまなこ》になって佐山の行方を追っているようだった。

厄介事を依頼した側が敵にまわったのである。奇妙なことになったなと、求馬は溜息を吐くしかなかった。

おたきには奥の部屋があてがわれ、当面はおとなしく身を隠しているようにと、志乃からも厳しく言い置かれた。

佐山の思惑をあれこれ邪推するよりも、今永殺しの調べに頭を集中させねばならぬ。

手掛かりは陸奥屋仁惣次だ。陸奥屋ならば、今永がおたきのもとへ忍んでくるのは予想できたであろうし、帰り道に桐畑を通るのもわかっていたはずだった。そもそも、無謀な供先割りをやらせるきっかけをつくった商人でもあり、殺しに関わっている公算は大きいと疑わざるを得ない。

店は築地《つきじ》の明石町《あかしちょう》にある。

外海に面した一帯は吹きさらしで、堀川の入口に架かる明石橋は寒さ橋とも呼ばれていた。陸奥屋は橋のそばに船蔵を何軒も抱えており、おたきによれば、真夜中になると埠頭《ふとう》に数多の荷船が舳先《へさき》を寄せてくるという。

陸奥屋が伊達家の御用達になったのは四年前、天野弾正が同家の勘定奉行に昇進した直後であった。天野は伊達家の藩財政を建てなおした立役者と目され、藩主の綱村や家老たちからの信頼も厚いという。

「陸奥屋はどうやら、天野にとって打ち出の小槌《こづち》らしいな」

指摘したのは、志乃にほかならない。

重い腰をあげたがらぬものの、興味はありそうだった。佐山が消えた理由も知りたいらしく、すました顔で「いなくなってせいせいした」などと言いながらも、本音では身を案じている様子が手に取るようにわかった。

猿婆が先導役を引きうけたのも、志乃の変化に気づいたからだろう。

「佐山大五郎は嘘の吐けぬ男じゃ。それゆえ、わしらのまえから消えるしかなかった。志乃さまやおぬしに迷惑を掛けられぬとおもったのじゃ」

築地の御門跡《ごもんぜき》前を通りすぎ、ふたりは築地川に架かる本願寺《ほんがんじ》橋を渡った。

強い海風が吹き寄せるなか、猿婆は寒がりもせずに白い息を吐いている。

寒さ橋の周辺は薄暗く、陸奥屋の所有する桟橋に船影が近づく気配はない。

「佐山は供先割りのはなしを耳にしたときから、何やら沈痛な面持ちで考えこんでおった。おおかた、誰にも言いたくない事情を抱えておるのじゃろう」

「水臭い。はなしてくれればよいのに」

「誰であっても、言いたくない秘密のひとつやふたつはある。そのあたりを察してやるのも、当主のつとめぞ」

猿婆にやんわりと諭され、求馬は黙るしかない。

「ところで、真夜中に荷船がやってくるはなし、陸奥屋が酔った勢いでおたきに漏らしたのであったな」

「ふむ、そう聞いた」

「荷船で運ばれた荷の中身、おぬしは何じゃとおもう」

「さあ」

首をかしげると、猿婆に嘲笑された。

「鈍いのう。抜け荷の品かもしれぬぞ」

「まさか」

「と、おもうじゃろう。それゆえ、確かめにまいったのじゃ」

真夜中になればかならず荷船がやってくると、猿婆は信じて疑わない。まんがいち、運びこまれた荷がご禁制の品々なら、陸奥屋の斬首は決まりだ。証しとなる荷を押さえればよいだけのことだが、それだけでは後ろ盾との繋がりを証し立てできない。

後ろ盾とはもちろん、天野弾正のことだ。六十二万石の台所を支える勘定奉行の不正があきらかになれば、伊達家の浮沈にも関わる一大事になるかもしれず、そこは慎重に調べをすすめねばならなかった。

寒さに震えながら、どれだけ待ったであろうか。

沖合にちらちらと、船灯り《ふなあか》がみえた。

「あっ、あれかもしれぬ」

船灯りは揺れながら、桟橋へまっすぐ近づいてきた。

やはり、荷船のようだ。

「ひい、ふう、みい……」

数えられるだけでも、五艘《そう》はある。

品川《しながわ》沖に碇泊《ていはく》した菱垣《ひがき》廻船とのあいだを往復しているのだろうか。伊達藩の御用達ならば、大坂《おおさか》からの南海路《なんかいろ》ではなく、仙台からまっすぐ南下する航路をたどってきたのかもしれない。

ともあれ、荷の中身を確かめる好機であった。

「まいるぞ」

猿婆に煽られ、忍び足で桟橋へ迫った。

手拭いを寄こされたので、頰被りをする。

顔に泥を塗りたくられ、着物まで脱がされた。

いつのまに携えてきたのか、野良着《のらぎ》を着せられる。

荷役に化けさせ、荷を盗んでこさせるつもりらしい。

ほら、行ってこいと、猿婆に顎をしゃくられる。

ぽんと尻まで叩かれ、求馬は暗闇に踏みだした。

荷船の纜《ともづな》が棒杭に繫がれると、荷役たちが一斉に動きはじめる。

船から降ろされた荷はどれも同じ木箱で、両手で抱えられる程度の大きさだ。

求馬は荷役の後ろにまんまと滑りこみ、何食わぬ顔で桟橋の奥へと進んでいった。

木箱は荷役の手から手へと渡り、桟橋の片隅へ山積みにされていく。これを別の荷役が上から拾い、桟橋の向こうで待つ大八車に積んでいくのである。

順番がまわってきたので、求馬も木箱を抱えた。

そのまま脇へ逃れる隙は見出せず、大八車に従《つ》いて船蔵へ向かうことにする。

さほど離れていない船蔵に着くと、こんどは蔵の片隅へ荷を山積みにしなければならなかった。

ほかの荷役の目を盗み、求馬は積まれた荷をひとつ抱えた。

船蔵の外へ逃れ、暗闇のなかを手探りで進んでいった。

どうにか戻った物陰では、猿婆が恐い顔で待っている。

「遅いぞ」

一喝《いっかつ》してから、求馬が盗んできた木箱の蓋を引っぺがす。

「うっ」

埃臭い。

油紙に包まれた代物は、乾燥させた鱶鰭《ふかひれ》であった。

鱶鰭は蝦夷《えぞ》でしか手にはいらない。干鮑《ほしあわび》や干海鼠《ほしなまこ》とともに清《しん》国で珍重《ちんちょう》される俵物《たわらもの》で、長崎会所《ながさきかいしょ》を通さねば取引できぬ品にほかならなかった。俵物を扱う抜け荷船の多くは西廻り航路をたどり、佐渡《さど》沖や対馬《つしま》沖の洋上で唐船《からぶね》と接触をはかると言われている。俵物と交換に貴重な生薬《きぐすり》や玳瑁《たいまい》などの贅沢品を仕入れ、大坂や江戸へ持ちこんで売るのである。

それゆえ、江戸表でまとまった俵物を目にするのは稀《まれ》にもないことであった。おそらく、蝦夷から津軽《つがる》海峡を渡らせ、仙台経由で持ちこまれたものであろう。すぐに売らずに保管しておく理由はわからぬが、いずれ近いうちに大坂経由で清国へもたらされるにちがいない。いずれにしろ、陸奥屋が悪事に手を染めているのはあきらかだった。

「ご愁傷《しゅうしょう》さま。抜け荷で決まりじゃな」

猿婆は嬉しそうに胸を張るが、求馬としては抜け荷の証しをみつけたいわけではなかった。あくまでも知りたいのは、今永寛重郎が死なねばならなかった真相であり、佐山が消えた理由なのである。

「ふふ、明日は上等な鱶鰭にありつけようぞ」

抜け荷の疑惑も今永が殺されたことも、猿婆にとってみればどうでもよいのかもしれない。

さて、つぎはどうする。

下手に動けば、せっかく摑んだ尻尾を切られてしまいかねない。

陸奥屋を追いつめるにしても、策を練らねばなるまいと、求馬は胸中につぶやいた。

五

翌晩、番町の一角で、今永寛重郎の通夜がいとなまれた。

門口の白張提灯《しらはりぢょうちん》が、寒風に揺れている。

今永は謹慎の身でもあったので、大袈裟な通夜にはできない。弔問の人影も少なく、遺された今永家の者たちは家名を残すことだけに関心があるようだった。寛重郎は入り婿である。妾宅を訪れた帰り道で辻斬りに斬られたなどと、そのような馬鹿げたはなしが表沙汰になってはたまらぬ。

ゆえに、家人たちは当主が亡くなった経緯には耳をふさぎ、かたちばかりの通夜をおこなった。元服《げんぷく》したばかりの長男を喪主にすえたのも、つぎの当主をお披露目したい意図があってのことだろう。

求馬は焼香をのぞみ、今永の妻や義父から怪訝《けげん》な顔をされた。

何故に由緒ある小姓の屋敷へ、鬼役風情が弔問に訪れたのか。

口には出さぬが、そんなふうに目で問うてくる。

故人との関わりなどありもせぬので、求馬は何もこたえなかった。

通夜に足を運んだのは、叔父で目付の多門伝八郎に対面できるかもしれぬとおもったからだ。そもそも、甥が供先割りをやった事情を内々に調べてほしいと、老中の秋元但馬守に依頼してきた張本人でもある。

甥の寛重郎が命を落とした経緯について、本音ではどう考えているのか、直に問うてみたかった。もちろん、役料一千石取りの目付と対等に口をきける身分ではない。そんなことはわかっている。すべては佐山を助けたい一念から起こした行動だった。

それともうひとつ、おたきに「献花だけでも」と頼まれてきた。

託されたのは、妾宅の上がり端に飾ってあった福寿草《ふくじゅそう》の鉢植えだ。

手向《たむ》けの花にはそぐわぬものの、今永寛重郎は寄り添うように咲く黄金の花をことのほか好んでいたという。置いてもらえるかどうかはわからぬが、できれば

「これを仏壇の片隅にでも」と懇願されれば、拒むことはできなかった。

家人の冷たい対応に辟易《へきえき》としたが、ともかくも焼香を済ませ、福寿草も手渡した。

お斎《とき》の部屋でしばらく待っていると、閻魔顔の偉そうな人物が数珠を握ってあらわれた。

多門伝八郎である。

目付ではなく、伯父として弔問に訪れたのだろう。おそらく、今永家が寛重郎の婿入りを受けていたのも、家人からは下にも置かぬ扱いを受けていた。おそらく、今永家が寛重郎の婿入りを受けいれたのも、出世頭の多門あってのことだったにちがいない。

ふたりになる好機をとらえ、求馬は畳に平伏した。

「御目付の多門さまとお見受けいたしまする」

「ふむ、おぬしは誰じゃ」

「御膳奉行の矢背求馬にござります」

矢背という姓に聞きおぼえがあったのか、多門は片方の眉を吊りあげる。

さすがに目付だけあって、こちらの素姓をある程度は知っているようだ。

それならば、かえってはなしやすいと、求馬は咄嗟におもった。

「かような場をお借りしてのご挨拶、ご容赦いただきたく存じまする」

「挨拶はいらぬ。わしに何か用でもあるのか」

「ございます。今永寛重郎さまの死について、まことのところはどうお考えなのか、是非ともお伺いできればと」

多門は眉を顰《ひそ》める。

「一介の鬼役が口にする問いではなかろう。もしや、秋元但馬守さまの御意をふくんでおるのか」

求馬は口を閉じた。こればかりは、首肯《しゅこう》するわけにいかぬ。

「なるほど、言えぬか。隠密ならば、致し方あるまいな」

「多門さま、それがしは壁にござります。壁と見立てて、おこたえいただければと存じまする」

「壁か。ふっ、おもしろい。まずは、おぬしの存念を言うてみろ」

「されば」

求馬は襟を正し、静かな口調で喋りはじめた。

「多門さまは辻斬りの下手人をご配下に追わせておられるとの由《よし》、まちがいございませぬか」

「まちがいないとしたら、どうする」

「僭越《せんえつ》ながら、今永さまは辻斬りに遭ったのではなく、刺客に斬られたものとおもわれまする」

「ほう、根拠は」

「ござりませぬ。ただ、一関藩田村家の供先を割った今永さまが生きておっては、都合の悪い者がおりまする」

「誰だそれは」

「今ここで名を口にいたせば、多門さまが矢面《やおもて》に立つことになりましょう」

「おぬしに任せれば、今永寛重郎の行状は表沙汰にならずに済むと申すか」

「それがお望みなら。ただし、ひとつお願いがござりまする」

「何じゃ」

「辻斬りの下手人捜し、お止めいただけませぬか」

「ほほう。下手人捜しは意味がないとでも」

「じつを申せば、それがしの用人が疑われております」

「なるほど、それでわかった。何故、おぬしが通夜にまいったのか」

求馬は畳に両手をつき、深々と頭を垂れる。

「多門さま、お約束いただけませぬか」

「そう簡単にはいかぬ。辻斬りという筋を描くなら、当然のごとく罪人が必要になってこよう。それに……」

と言って黙り、多門は歌舞伎役者のごとく見得《みえ》を切る。

そして、吐きすてた。

「……それに、目付には目付の威信があるゆえな」

求馬は顔を持ちあげ、血走った眸子で睨みつける。

「無実の者を捕縛し、罰するおつもりですか」

「わしに意見する気か」

「なるほど、御目付の威信は堅持いたさねばなりますまい。されど、用人の命が左右されるとしたら、黙って見過ごすわけにはまいりませぬ」

「見過ごせぬときはどういたす。わしを闇討ちにでもいたすか」

求馬は否とも言わず、じっと身を固める。

多門のほうが、肩の力を抜いた。

「ふん、このわしが二百俵取りの鬼役に脅されるとはな。まあよい、おぬしとは会わなんだことにしてやる」

多門はすっと腰をあげ、上から睨《ね》めおろす。

「仏壇の脇にあった福寿草、おぬしが携えてまいったのか」

「はい。おたきというおなごに託されました」

「おたきか。もしや、そのおなご」

「今永さまのお妾にござります。何でも、今永さまがお好きな花であったとか」

「さようか。知らぬでもよいことであったな」

多門は淋しげに笑い、部屋から出ていった。

自分を父親のように慕っていた甥の死は、やはり、どう考えても辛いにちがいない。死なねばならなかった事情を是が非でも知りたいはずだし、本音では辻斬りなどとはおもっておらぬだろう。

言いたいことは言ったが、求馬の心は晴れない。

多門が目付としてどう出るか、直にはなしたことが吉と出るのか凶と出るのか、今はどちらに転ぶのかもわからなかった。

六

三日後、十一日は御用始《はじめ》、公方綱吉は御自ら使番《つかいばん》を集めて諸々の命令を下した。

役目替えとなった諸役人は真新しい帳面に筆を入れ、清々《すがすが》しい気持ちで新たな役目に勤《いそ》しむ。また、この日は具足之祝《ぐそく》なので、黒書院《くろしょいん》に家康《いえやす》公縁《ゆかり》の鎧兜《よろいかぶと》が飾られ、平役人も格別のはからいで拝謁《はいえつ》できるものとされていた。

求馬もはじめて、表向の黒書院へ足を踏みいれた。

中奥から土圭之間を抜け、中之間《なか》を通っていく。

黒書院は諸大名が公方に謁見《えつけん》する部屋だ。俯瞰《ふかん》すると田の字になっており、西側には上段と下段、東側には囲炉裏之間と西湖《さいこ》之間が配されていた。各々の部屋同士は六寸三分（約一九センチ）の段差があり、境目は黒漆《うるし》塗りの框《かまち》で仕切られている。部材は総赤松《あかまつ》造りで、柱は黒漆塗り、内法長押《うちのりなげし》の上は欄間《らんま》ではなく小壁仕上げになっており、障壁画には押絵《おしえ》が使われていた。押絵とは、金雲、山水、人物、花鳥などの描かれた色紙を切り綿で立体感を出し布で包んで直に貼りつける手法のことだ。

はなしには聞いていたが、みるものすべてがめずらしく、具足や刀剣よりもまずさきに書院の造りや障壁画に目が向いてしまう。

「きょろきょろいたすな」

仕舞いには、具足《ぐそく》奉行からたしなめられた。あらかじめ念を押されているとおり、江戸開府《かいふ》を身に沁《し》みておもいだすための催しゆえ、陣刀に残る家康公の手垢などをありがたく拝謁しなければならない。

この日はまた、吹上《ふきあげ》馬場において「大的《おおまと》」と呼ばれる弓場《ゆば》始《はじめ》之式も催された。気を遣いすぎたせいか、役目が終わる頃には疲れきってしまったが、求馬には疲れている暇などない。

夕刻、下城して内桜田御門を潜ったが、やはり、佐山のすがたはなかった。密着されれば鬱陶《うっとう》しいときも一度ならずあったが、おらぬとなれば心にぽっかり穴が空いたように感じる。

「不思議なものだな」

従者となって日は浅いのに、おもっている以上に頼っていたことがわかった。

市井に目を向ければ、商家では帳綴《ちょうとじ》がおこなわれ、鏡開きや蔵開きも賑やかに催されている。

御納戸町の家に戻ると、おたきに出迎えられた。

志乃はおらず、猿婆が横から声を掛けてくる。

「この者が申すには、今宵、築地の御門跡《ごもんぜき》前で陸奥屋の宴席があるそうじゃ」

毎年、値の張ることで知られる『弥勒亭《みろくてい》』なる茶屋で年賀も兼ねて催され、陸奥屋の賓客《ひんきやく》だけが招かれるらしい。

「どういたす。行ってみるか」

「まいろう」

賓客ということなら、伊達家勘定奉行の天野弾正も呼ばれているはずだ。

顔を拝むだけでもよかろうとおもい、求馬は着流しで家を出た。

暗くなると、急に冷えこんでくる。

時折、白いものがちらついたので、温石を抱えてこなかったことを悔やんだ。

猿婆は寒さというものを感じぬのか、薄手の着物一枚でも平気な顔をしていた。

築地の御門跡と呼ばれる本願寺《ほんがんじ》前は吹きさらしなので、歯の根が合わせられぬほどの震えがくる。

楼閣風の『弥勒亭』は、すぐにみつかった。抜け荷の証しを摑みにきたときは気づかなかったが、軒行燈にぐるりと囲まれた派手な造りの建物は、極楽浄土にあるという不夜城のおもむきすら感じさせる。

宵の口だが、すでに宴席ははじまっているようだ。

外から二階座敷を見上げれば、芸者たちの嬌声《きょうせい》や客たちの下卑《げび》た笑い声が漏れ聞こえてくる。

駕籠が一挺近づいてきたので、急いで物陰に隠れた。

表口に滑りこんだのは、黒塗りのお忍び駕籠である。

出迎えには女将がすがたをみせ、肥えた商人も慌《あわ》てた様子でやってきた。

陸奥屋仁惣次であろう。

口をぱくつかせた顔は、釣りあげられた鯰《なまず》のようだ。

駕籠に乗っているのは、かなり身分の高い相手らしい。

天野弾正であろうか。

降りてきた相手をみて、すぐさま、そうでないことはわかった。

黄蘗《きはだ》色の袈裟衣《けさごろも》を纏《まと》っている。

僧侶なのだ。

頭巾で顔を隠しているが、扮装《なり》をみただけで身分の高さは容易に想像できた。

「ようこそ、お越しくだされました」
女将がうやうやしく手を差しのべ、僧侶を内へ招き入れる。
陸奥屋らしき商人は金魚の糞よろしく、僧侶の背にしたがった。
物陰で三人を見送ってから、どれだけの時が経ったであろうか。
もうすぐ、亥《い》ノ刻を報せる鐘音が鳴るにちがいない。
冴えた夜空には、いびつな月が煌々と輝いている。
やがて、表口が騒がしくなった。
滑りこんできた二挺の駕籠は、いずれも黒塗りのお忍び駕籠だ。
外へ出てきたひとり目は侍で、光沢のある絹地の着物を纏っていた。
「天野さま、またのお越しをお待ち申しあげております」
女将が妖艶《ようえん》に告げ、深々とお辞儀をする。
おかげで、天野弾正の顔が馬面であることもわかった。
駕籠は天野を乗せて去り、二番目にさきほどの僧侶がすがたをみせる。
女将は何か言ってから頭をさげたが、遠すぎて聞きとることができない。
猿婆も聞きのがしたらしい。というよりも、最初から聞く気がなかった。
「さすがに、七十を過ぎると耳が遠くなってな」

自慢げに言われても、応じることばはない。

僧侶が乗りこむと、駕籠はゆっくり動きだした。

求馬も物陰を離れ、駕籠尻を追いかけはじめる。

築地川に架かる二ノ橋を渡ったところで、猿婆は足を止めた。

「腹が減ったゆえ、あとはよしなに」

ぽんと突きはなされ、戸惑っているあいだにも、駕籠は遠ざかってしまう。

猿婆の痩せた背中を惚けた顔で見送り、求馬は駕籠尻を必死に追いかけた。

三十間川《さんじっけん》に架かる木挽橋《こびき》を渡り、東海道《とうかいどう》の大路に出てからは京橋《きょう》のほうへ向かう。

京橋からは日本橋へ向かい、本銀町のさきで左手へ、御濠沿いの鎌倉河岸を通って神田橋御門前へ、さらに駕籠は御濠沿いに進み、豪壮な山門に吸いこまれていった。

ほかでもない、護持院の山門なのである。

駕籠の主は、大僧正の隆光なのだろうか。

「まさかな」

吐きすてたところへ、殺気が立ちのぼった。

後ろか。

求馬は振り向きざま、抜刀してみせる。

「やっ」

抜き際の一刀は、ひらりと躱《かわ》された。

相手は頭上の遥か上まで跳んでいる。

跳びながら、棒手裏剣《ぼうしゅりけん》を投げつけてきた。

――きいん。

一本目は刀で弾いた。

二本目は避けられず、左の肩口に刺さる。

「ぬうっ」

棒手裏剣を引き抜き、片手持ちで身構えた。

「はりゃ……っ」

相手は素早く身を寄せ、忍びの使う直刀で喉を狙ってくる。

二段突きだ。

「うっ」

二段目で頬を裂かれた。

求馬は真横に跳び、地べたを転がる。
身を起こし、片膝立ちで防《ふせぎ》の姿勢を取った。
相手は闇に佇み、深入りしてはこない。
こちらの力量を見定めようとしているのか。
「くっ」
肩と頰、同時に痛みが走った。
精神を集中しなければ、殺《や》られてしまうだろう。
頰に垂れた血を嘗めると、錆《さ》びた鉄の味がした。
相手は黒装束に身を固め、顔も頭巾で覆っている。
間近で刀を合わせたとき、切れ長の眸子《まなこ》だけはみえた。
何ひとつ感情の揺らぎがない、冷徹な眼差しだった。
「ぬおっ」
求馬は立ちあがり、反撃に転じた。
刺し面から小手打ち、さらには袈裟懸けと、たてつづけに技を繰りだす。
ところが、ことごとく躱され、弾かれるたびに、気持ちが追いつめられていった。

やられる。つぎの一刀で葬られる。
身を離して肩で息をしていると、死への恐怖が迫《せ》りあがってきた。
落ちつけと胸につぶやいても、手足がおもうように動かない。
「そろりと逝くか」
平板な声が聞こえてきた。
まちがいなく、斬られるのだろう。
と、あきらめかけたときであった。
——びゅん。
背後の闇から、風音が聞こえた。
煌めきながら、何かが飛んでくる。
おもわず首を引っこめると、鬢の脇を手槍《てやり》が擦り抜けた。
「うっ」
手槍は忍びの左腕を削り、後ろの山門に突き刺さる。
相手が怯んだ間隙を衝き、求馬は頭から突っこんだ。
「ぬわああ」
右八相から袈裟懸けを見舞うと、忍びはたまらずに踵を返す。

そのまま闇に溶け、一気に遠ざかってしまったのである。

求馬は膝に両手をつき、ぜいぜいと荒い息を吐いた。

山門をみやれば、突き刺さった槍が小刻みに震えている。

「……佐山か」

求馬は振りかえった。

闇の奥をみつめても、人の気配はない。

危ういところを救ってくれたのだろう。

偶然なのか。それとも、見守ってくれていたのか。

すがたをみせてほしいと、心から願わずにはいられない。

求馬は山門から槍を抜き、肩に担いで投げるまねをした。

もちろん、佐山のようにはいかぬ。

それにしても、さきほどの忍びは何者なのだろうか。

またしても、隆光が関わっているというのだろうか。

謎は深まったが、真相に近づいているような気もする。

求馬は右手に槍を提げ、護持院に背を向けて歩きはじめた。

七

肩に傷を負って左手はあがらずとも、みずからに課した素振り二千回の稽古を怠《おこた》ることはできない。翌日、求馬は早朝に起きだすと、法成寺国光《ほうじょうじくにみつ》を提《さ》げて庭に降り、草履を脱いでもろ肌脱ぎになるや、素振り稽古をはじめたのである。

「や、えい」

頭上に振りあげた本身《ほんみ》は刃長一尺五寸（約四六センチ）の大摺《おおす》りあげ、添樋《そえび》には倶利伽羅竜王《くりからりゅうおう》が浮き彫りにされていた。

「はっ」

びゅんと振りおろすたびに、茶花丁子乱の刃文が光を放つ。

「とっ」

我慢して振りつづけると、次第に痛みも感じなくなった。

それほどの深傷《ふかで》でもなかったのだろう。

あの忍びは、いったい何者なのか。

隆光の身辺を守るために雇われているのか。

佐山は何をしているのだ。どうして、すがたをみせぬ。
考えろ、考えろ、考えろ。
みずからを鼓舞し、国光を振りつづける。
鬼気迫る勢いを感じたのか、志乃も声を掛けてこない。
水を打ったような静けさのなかに、刃音だけがいつまでも響いていた。
朝餉は茶漬けを啜り、非番であるにもかかわらず、半裃を着ける。
志乃が玄関まで見送ってくれ、鑽火《きりび》まで鑽《き》ってくれた。
求馬は大小を帯に差し、しっかりうなずいてみせる。
「行ってまいる」
出仕と同じ道筋をたどり、桜田御門へ向かったのである。
桜田御門を通り抜ければ、西御丸下には老中や若年寄の上屋敷が集まっていた。
求馬がやってきたのは、秋元但馬守の上屋敷である。
志乃が段取りしてくれたはずなので、門前払いにされることはなかろう。
留守居の室井作兵衛に目通りし、佐山大五郎の事情を聞きださねばならぬ。
強い意志をもって訪れたところ、門番はすんなり通してくれた。
少しばかり気を殺《そ》がれたが、肝を据えなおして廊下を渡っていく。

通い馴れた不忍池北の秋元屋敷は、焼失してしまって今はない。上屋敷には二度ほど呼びつけられたことがあったものの、やはり、下屋敷のような気楽さは感じられなかった。

若い用人に先導され、中庭をのぞむ書院造りの部屋へ招かれた。

床の間の花入れには、赤い実とぎざぎざの葉が飾られている。

葉のうえに実をつけるのは、万両ではなく、千両であろう。

軸には川縁から山脈《やまなみ》をのぞむ水墨画が描かれ、余白には和歌が書かれている。

「春の夜の夢の浮き橋とだえして、峯《みね》にわかるる横雲の空」

藤原定家《ふじわらのさだいえ》だとわかった。和歌の素養があるわけではない。「横雲」という甲源一刀流の秘技が定家の詠《よ》んだ句に因んでいると聞き、空でおぼえただけのはなしだ。

「幽玄《ゆうげん》ということばを知っておるか」

唐突に廊下から声が掛かった。

のっそり部屋にはいってきたのは、白髪の室井作兵衛である。

求馬はお辞儀をしてから、小首をかしげた。

室井はにやりと笑い、上座に腰を下ろす。

「静けさのなかに、微《かす》かな奥深さが感じられる。この世にありながら、あの世を感じると申すべきか。彼我《ひが》のあわいに佇む心の保ちようとでも申すべきか。ことばではなかなか説きづらい。それが幽玄よ。定家の和歌をじっくり味わってみれば、少しはわかるやもしれぬ」

「はあ」

「ま、おぬしに説いても、暖簾《のれん》に筆押しであろうがな」

「それを仰るなら、腕押しにござりましょう」

「おいおい、鬼の首を取ったような顔をいたすな。ちと戯れただけじゃ」

室井は尻を半分持ちあげ、ぶっと屁を放ってみせる。

あまりに臭いので、求馬は息を止めた。

「志乃が手土産に焼き芋を携えてきおった。朝からその焼き芋を食うたせいか、やたらに屁が出る。すまぬが、我慢してくれ」

「はっ」

「志乃が言うておったわ。まずまずじゃとな」

「まずまず」

「おぬしのことじゃ。まずまずでは不満か」

「いいえ、嬉しゅうござります」

「嬉しいのか。ずいぶん、のぞみが低いのう」

「室井さま」

求馬は襟を正し、顎をくいっと突きだす。

室井はわざとらしく、怪訝な顔をつくった。

「何じゃ、あらたまって」

「佐山大五郎のことをお聞かせ願えませぬか」

「ああ、それか」

室井は押し黙り、暗い顔になった。

やはり、言いたくない事情でもあるのだろうか。

求馬は必死の形相で唾を飛ばす。

「お願いいたします。むかしの事情を知ったところで、佐山をどうこうしようとは毛ほども考えておりませぬ」

「まあ、落ちつけ。佐山が黙っていてほしいと、両手をついたのじゃ。おぬしに告げれば、約定《やくじょう》を破ることになる。されど、致し方あるまい。あやつが勝手にすがたを消しおったのじゃからな」

「やはり、おわかりでしたが」

「あらましは存じておる。志乃を介して厄介事の調べを頼んだのは、このわしじゃからな」

「御目付の多門さまは、佐山を辻斬りの下手人に仕立てようとなされております」

「それはおぬしの勘違いであろう。多門さまは清廉《せいれん》潔白なお方、鬼役の用人に濡れ衣を着せるようなまねはせぬ。もっとも、御目付の威信が掛かっているとなれば、はなしは別かもしれぬがな」

「佐山は捕まれば、言い逃れはいたしますまい」

あっさり、腹を切るかもしれぬ。

「たしかに、佐山大五郎とはそういう男じゃ」

室井は溜息を吐き、訥々《とつとつ》と佐山の素姓を語りはじめた。

八

佐山大五郎は四年前まで、伊達家の馬廻《うままわ》り役を務めていた。

「伊達家と申しても、仙台の本家ではない。水沢《みずさわ》伊達家じゃ。綱村公の御舎弟であられる村和公が当主となり、三万石の支藩を開いておった」

「中津山藩にござりますな」

「そうじゃ。佐山は組頭として馬廻り役を束ね、村和公をお守りする要石《かなめいし》とも評されておった」

ところが、主従は不運な出来事に見舞われた。

供先割りである。

「たったひとりの迷惑者のせいで、藩は改易の憂き目を見た。村和公は何処かへ幽閉され、家臣たちは路頭に迷う羽目となった。佐山は涙ながらに語っておったわ。何故、あのとき、供侍たちを止められなかったのか。何故、相手の刀を奪わせてしまったのか。自分のせいで藩を潰したのだと、佐山は思い悩んだすえ、腹を切ろうとした。されど、できなかったそうじゃ」

供先を割った岡崎兵部への憎しみが、佐山をこの世へ引き戻した。

雲隠れした岡崎を捜しだし、引導を渡すまでは死んでも死にきれぬ。

「それがな、正直な佐山のおもいであった」

岡崎兵部という名を口にしたのは、たしか、相番の「耳川」こと美川彦蔵であった。供先を割って騒動の原因をつくったにもかかわらず、伊達家の家臣たちから手荒な扱いを受けたことに腹を立て、走りの者たちに刀を奪われたと、大目付に訴えたのだ。

「走りの者たちは斬首となった。一方、岡崎に切腹の御沙汰は下らず、小普請《こぶしん》に落とされただけで済んだ。されど、岡崎の家はほどなくして改易となり、岡崎自身も行方知れずとなった。もしかしたら、何処かで生きておるのやもしれぬ」

佐山は今も岡崎の行方を追っているのだろうか。

だとしても、何故、すがたを消さねばならなかったのか。

求馬が肝心な問いを投げかけると、室井はじっくりうなずいた。

「こたびの供先割りは、四年前と情況が似かよっておる。佐山は調べを進め、何か拠所《よんどころ》ない事情を知ったのじゃろう。されど、おぬしに告げるには危うすぎる。それゆえ、迷惑が掛かるのを避け、何も言わずにすがたを消した。まずは、そんなところじゃろう」

すでに、迷惑は掛かっている。得体の知れぬ忍びに襲われ、命を失いかけたのだ。

「その忍び、黒脛巾組《くろはばきぐみ》の忍びかもしれぬな」

「黒脛巾組と申せば、伊達家子飼いの忍びではございませぬか」

「そうじゃ。戦乱の世には活躍したが、泰平の世になってからはとんと聞かぬようになった。されど、闇の深くへ潜りこみ、間諜《かんちょう》の役目を果たしているのはまちがいない」

「いったい、伊達家の誰が飼っておるのでしょう」

「佐山はそれをつきとめたのかもしれぬ。同時に、ふたつの供先割りの裏に潜むからくりにも気づいた」

「えっ」

ふたつの供先割りには、何らかのからくりが潜んでいるというのか。

「わしはそうみておる。少なくとも、四年前の供先割りは中津山藩を潰すために仕組まれたものであった。となれば、支藩が無くなって得をする者が誰かを考えればよい」

伊達家は上から下まで、華美を競うことで知られている。そのため藩の出費も多く、台所は常のように火の車であった。四年前は天災や飢饉《ききん》なども重なり、二進《にっ》も三進《さっち》もいかなくなっていた。そうしたなか、新しく船出したばかりの中津山藩は領内の整備を押しすすめつつ、六本木《ろっぽんぎ》に広大な上屋敷を築くなどした。

「本家御用達の商人たちから膨大な借金をし、体面が損なわれることを恐れた本家は借金の肩代わりまでせねばならなかった。ここからさきは臆測じゃがな、本家の財政を建てなおす起死回生の秘策がひとつだけあった。それは、お荷物の中津山藩をそっくり無くしてしまうことじゃ」

六本木の拝領地も返上し、藩主の遊興費や家臣たちの禄米もすべて没収する。なるほど、それができれば、本家の台所は持ち直すどころか、潤うかもしれぬ。秘かに支藩を潰すための青図《あおず》が描かれ、事実、中津山藩は改易となり、そののち、伊達本家の財政は好転したという。

「四年前のはなしじゃ。そのときの実績を買われ、勘定組頭から勘定奉行に昇進を果たした者がおった」

「天野弾正」

「そうじゃ。天野が青図を描いたにちがいない。小姓を焚きつけて供先割りをやらせ、中津山藩を改易に持ちこもうとしたのじゃ」

伊達本家を救うにしても、あまりにえげつないやり方だと言わざるを得ない。しかも、天野は中津山藩の改易と引換に出世し、陸奥屋などの御用商人たちから甘い汁を吸っているのだ。

室井作兵衛が筋を描くと、もっともらしく聞こえてしまう。
ただ、冷静になって考えてみれば、伊達家の重臣が藩の財政を建てなおすため
とはいえ、支藩をひとつ潰すことをおもいつくであろうか。やはり、四年前の供
先割りは偶然の出来事と考えるべきではないかと、求馬はおもいなおした。
「納得できぬようじゃな。百歩譲って、四年前は予期せぬ出来事が伊達本家の追
風になったとしよう。されど、こたびはちがう。どう考えても、二匹目の泥鰌《どじょう》を
狙ってやった公算が大きい」
室井は「手土産」をひとつ用意していた。
ぽんと抛《ほう》られたのは、仙台藩から一関藩に貸しだされた金銭の流れがわかる台
帳の写しである。
求馬は手に取り、さっそく目を通す。
「勘定方から手に入れた。確かな台帳じゃ」
仙台本家における御家騒動のあおりで廃された一関藩が再興されたのは、今か
ら二十三年前のことである。中津山藩と同様、仙台藩から分知《ぶんち》されて成立した支
藩ではあったが、藩の立ち位置はずいぶんちがうと、室井は言う。
藩主の田村右京太夫建顕は公方綱吉の直臣《じきしん》として扱われ、幕府から直々に指図

を受けているという。このように外様《とざま》の小藩でありながら、藩主が奏者番などの要職に抜擢《ばってき》された例はいくつかあった。

成りたちの経緯はともあれ、田村右京太夫建顕が初代藩主となって岩沼《いわぬま》から移ったとき、すでに、二十五万両近くの借財を負っていた。

「一関藩の再興は、幕命でもあった。支藩に力をつけさせることで本藩の力を殺ぎ、ほかの譜代に大きな顔をさせぬようにする。一石二鳥を狙った施策じゃ」

室井によれば、考案したのは綱吉自身であったという。秩序を尊ぶ大老《たいろう》の堀田《ほった》筑前守正俊《ちくぜんのかみまさとし》はこれに異を唱えたが、綱吉を翻意させるどころか、城内で刺殺されてしまった。

田村右京太夫建顕は伊達政宗《まさむね》の曾孫《ひまご》、伊達本家を継いだ綱村とは従兄弟《いとこ》同士で、歳もさほど離れておらず、親しい間柄だと伝えられていた。それゆえ、綱村は借財の肩代わりをしたり、当初は支藩の田村家をもりたてる役目を果たしたが、元禄五年に建顕が奏者番を拝命したあたりから風向きが変わってくる。

綱吉は学問好きで教養のある建顕を気に入り、名誉ある勅使《ちょくし》の馳走役などに指名してやった。そのたびに費用の持ちだしが嵩《かさ》み、伊達本家が数千両単位で立て替えねばならなくなった。

「つまり、建顕公が重用されればされるほど費用が嵩み、気づいてみれば、仙台藩にとって一関藩は厄介なお荷物と化していたのじゃ」

台帳に載る金銭の流れを追えば、そうした経緯は一目瞭然《いちもくりようぜん》となる。もちろん、藩主の綱村が関知するはなしではない。一関藩を潰したいと願うのは、綱村を支える重臣たちの本音にちがいなかった。

「四年経って、ふたたび、天野は同じ手を使おうとしたのかもしれぬ。されど、二度目はうまくいかなかった。田村家の家臣たちは慎重に事を構え、供先を割った小姓から刀を奪おうとしなかった。それゆえ、改易にはいたるまい」

されど、田村右京太夫建顕は御役御免になり、十余年も務めてきた奏者番の役を解かれるかもしれず、そうなれば伊達本家は余計な費用を使わずに済む。しかも、本家が口利きをして救ったことにすれば、田村家にたいして大きな顔もできよう。

「建顕公は、御自らを征夷大将軍坂上田村麻呂《さかのうえのたむらまろ》の末裔《まつえい》と自慢なされ、伊達本家とは一線を画されているとも聞く。金食い虫の田村家が上様から譜代並の御役目を与えられることは、伊達本家としてもおもしろかろうはずがない」

それゆえ、潰すことを画策したという筋書きは飛躍しすぎのような気もするが、四年前の前例があるだけに頭から否定もできない。

室井は鼻を穿《ほじ》り、こちらの反応を窺った。

「じつを申せば、ふたつの出来事には、とある大物が関わっておるようでな」

「えっ」

咄嗟に浮かんだのは、偉そうな袈裟衣を纏った大僧正のしたり顔である。

「確たる証しもなしに、名までは言えぬ。ただ、そのお方が深く関わっておるのだけは確かだ。何せ、天野弾正と関わりの深い陸奥屋は護持院の檀家《だんか》で、大口の献金をおこなっておるらしいからな」

「それは、まことにござりますか」

求馬は息を吞んだ。やたらに喉が渇いて仕方ない。

「あの糞坊主……いや、大僧正には、わが殿も散々煮え湯を吞まされてきた。悪事の尻尾を摑んで、今の地位から引きずりおろしたいのは山々じゃが、下手を打てば、しっぺ返しを食うのは必定《ひつじよう》じゃ。何せ、糞坊主の背後には、上様と桂昌院さまが控えておられるゆえな」

四年前の中津山藩改易にはじまる一連の出来事が、隆光という大物の泣き所になるかもしれない。

策士の室井はどうやら、それを期待しているように感じられた。

だが、一介の鬼役にすぎぬ身にとって、敵はあまりに大きすぎる。

「佐山がそこまで気づいておるのかどうかはわからぬ。いずれにしろ、ここからさきは荊《いばら》の道、進むとあれば命がいくつあっても足りぬであろうよ」

「室井さま」

「何じゃ」

「以前のように、荊の道を進めと仰っていただけませぬか」

「それはできぬ。おぬしはわしの手を離れた。進むか否かの判断は、おぬし自身で決めねばならぬ」

巻きこんでおいて、それはあるまいと、愚痴を言ってもはじまらぬ。

どうするのだと、探るような眼差しで問われ、求馬は鼻息も荒く首肯した。

「無論、やらずばなりますまい」

「ま、おぬしなら、そう返答するとおもうておったわ。ただし、手助けはできぬぞ。わが殿に火の粉が降りかかるのだけは避けねばならぬゆえな」

「もとより、承知してござります」

「さようか」

室井はほっと溜息を吐き、尻を浮かして豪快に屁を放った。

「うっ」

「臭かろう。腹に溜まっておった膿《うみ》を、すべて吐きだしたゆえな」

室井はそそくさと立ち去り、求馬はひとり臭気のなかに閉じこめられた。

佐山よ、おぬしのせいでとんだ目に遭っておるのだぞと、胸の裡で毒づいても、臭いが消えるわけではない。

こほっこほっと咳きこみながら、求馬は這うように部屋から抜けだした。

九

三日後、十五日は左義長《さぎちょう》、正月の設えを壊し、使った物をまとめて燃やす。寺社では檀家を集めて法要をおこない、古い卒塔婆《そとば》や御札は護摩堂《ごまどう》で焚きあげた。

昼餉の毒味膳には小豆《あずき》粥が供され、猫舌の美川彦蔵は「こいつは勘弁だ」と匙を投げた。いや、箸を置いた。皆藤であれば、即刻、尻尾を巻いて家に帰れと叱《しっ》責《せき》したことであろう。

小納戸の手で膳がさげられると、美川が待ちかねたように喋りかけてきた。

「聞いたか。田村右京太夫さまのことじゃ」

「いいえ」

求馬の反応など気にせず、美川は勝手につづける。

「今朝ほど、護持院で大法要がいとなまれた。大僧正の隆光さまから、右京太夫さまが『席次がちがう』と一喝された。満座で恥を掻かされたのだ」

綱吉の名代《みようだい》は柳沢美濃守吉保、桂昌院の名代は上臈御年寄《じようろうおとしより》の右衛門佐局《うえもんのすけのつぼね》であった。それだけでも、隆光の威光がわかるというものだが、炎の立ちのぼった護摩堂には御三家、御三卿の当主や主立った諸大名も相集っていた。

田村右京太夫建顕は奏者番。誰よりも儀礼、典礼に精通しているはずなので、法要の席次をまちがえることなどあり得ない。

「大僧正が難癖をつけたのだ」

美川は声を押し殺す。

「法要にあたっては、お布施《ふせ》を携えていく。これは御小姓たちの噂だが、数ある大名衆のなかで、右京太夫さまだけがお布施をお持ちにならなんだらしい」

大名のお布施は位に応じて相場が決まっており、支藩といえども幕府の要職にある田村家は数百両のお布施を用意しなければならなかった。これをいつもどおり、伊達本家が肩代わりすると、あらかじめはなしがついてでもいたのか、田村家では一銭も用意していなかった。

「落ち度と言えば、落ち度であったかもしれぬ。されど、右京太夫さまは隆光さまを面前にして悪びれるご様子もなく、家来に命じて刀をひと振り持ってこさせた。田村家伝来の加賀清光《かがきよみつ》、何とそれは浅野内匠頭さまの首を落とした刀であったという」

刀剣を扱う闇の市場で売れば、どれだけの高値はつくかもわからない。それほど貴重な刀を献納するので、無礼を許してほしいと訴えたのだ。

「隆光さまが宝刀をどうされたのかはわからぬ。ただ、そうした経緯があったうえでの一喝であったとか」

その場を収めたのは、柳沢美濃守であった。田村右京太夫は早々に退去し、上屋敷で沙汰を待つように命じられたという。

「供先割りのこともある。おそらく、右京太夫さまは奏者番の御役目を解かれるであろう。それがもっぱらの予想だ」

何やら楽しげに喋る美川から目を逸《そ》らした。

まさしく、室井が言ったとおりの顚末《てんまつ》ではないか。

「じつは、四年前にも似たようなことがあったらしい」

美川は唾を呑みこみ、聞き捨てならぬはなしをしはじめた。

「同じ正月の大法要で『席次がちがう』と、隆光さまに一喝された大名があった。どなただとおもう。同じ伊達家の御一門、中津山藩を治めておられた伊達美作守村和さまにほかならぬ」

求馬はおもわず、身を乗りだしてしまった。

同年の長月、美作守村和の行列は岡崎兵部という小姓に供先を割られた。そして、改易に追いこまれたのだ。隆光の発した「席次がちがう」という台詞には、お布施の足りぬ者を戒める意図が込められていたのではあるまいか。

証しを立てるのは難しいが、隆光にも中津山藩を懲らしめてやりたい気持ちがあったのかもしれない。

供先割りによって、支藩をひとつ葬る。

大胆かつ無謀ともおもわれる青図を描いたのは、伊達本家の重臣などではなく、隆光だったのではないかと、求馬は勘ぐった。

室井の読んだとおり、やはり、四年前の供先割りは練りに練った謀事《はかりごと》だったのかもしれない。隆光の後ろ盾を得られたからこそ、天野弾正は支藩潰しの大博奕に打って出たのだ。そして、大博奕に勝ち、みずからの望む地位を手に入れた。陸奥屋という阿漕《あこぎ》な廻船問屋に抜け荷をやらせ、私腹を肥やすこともできるようになったのである。当然のごとく、天野から隆光へは、莫大な「お布施」がもたらされているにちがいない。

すべては根拠のない筋立てであったが、あながち的を外してはおるまい。

佐山も同じ筋立てを考えているとすれば、天野や陸奥屋ばかりか、隆光の命をも狙おうとするかもしれぬ。

そう考えただけで、心ノ臓がどきどきしてきた。

相番の美川は得意げに喋りつづけたが、もはや、声は聞こえてこない。

はなしの途中で席を立ち、求馬は部屋から抜けだした。

台所御門からも飛びだし、城外へ向かう。

八つ刻を報せる石町の鐘音を聞きながら、内桜田御門を潜り抜けた。

やはり、佐山はいない。

代わりに、猿婆がひとりで待っていた。

「四年前に供先割りをやった御小姓がみつかったぞ」

「えっ」

「おぬしに供先割りを命じた者は誰だ」

ならばと、求馬は土間に立ったままで質《ただ》した。

声は掠れ、聞きとりにくい。

「何でも聞いてくれ」

猿婆が一朱銀《しゅぎん》を手渡すと、ありがたげに拝んでみせる。

職禄五百石で将来を嘱望《しょくぼう》された小姓の面影は、片鱗《へんりん》すらも感じられない。

さっそく訪ねてみると、月代も髭も伸びたむさ苦しい浪人が顔をみせた。

岡崎は棟割長屋に身を寄せ、世捨て人のように暮らしている。

向かったさきは麻布市兵衛町《あざぶいちべえちょう》、溜池の脇から霊南《れいなん》坂を上って下る。

岡場所《おかばしょ》もある淫靡《いんび》な一隅に、崩れそうな棟割長屋が建っていた。

求馬は頭を垂れ、猿婆の痩せた背中にしたがった。

「頼む」

「会いにいくなら、案内してやるぞ」

猿婆は胸をくいっと張った。

「ふん、わしを誰じゃとおもうておる」

まさか、岡崎兵部をみつけたというのか。

「ふん、むかしのはなしか。おもいだしたくもないが、もう一朱めぐんでくれたら、喋ってもいい」

猿婆は小粒を指に載せ、器用に弾いてみせる。

岡崎は取り損ね、床に這いつくばった。

そして、亀のように顔を持ちあげる。

「腰塚市之丞という頭取だ」

「何だと」

「ほう、知りあいか。腰塚はどうしておる。如才《じよさい》のない悪党ゆえ、出世したのであろうな」

小姓仲間を苛めて死に追いやった見返りに、志乃が右腕を折ってやった。家が改易となったのち、本人がどうしているかはわからない。生きておれば、岡崎とさして変わらぬ暮らしを余儀なくされていよう。

面倒臭いので黙っていると、岡崎が勝手に喋りだした。

「母が腰塚に騙され、二束三文の壺を二百両で買わされた。ただし、それはきっかけにすぎなかった」

岡崎の母親は札差から借りられるだけ借り、腰塚に紹介された騙り坊主の道林にすべて与えた。献金を怠れば地獄へ落とされるぞと脅され、信じこんでしまったのだ。

「一家で死ぬしかない瀬戸際まで追いつめられたとき、護持院から御仏の使いと申す者が訪ねてきた。あることをやれば、札差の借金は肩代わりしてやると言われたのだ」

「あることとは、供先割りか」

「そうだ。供先を割ったあとの段取りも詳しく教えられた。そのとおりにやるしかなかったのだ。まさか、わしのせいで奥州の藩がひとつ潰されるとは、そのときはおもってもみなかった。ふん、冷静になって考えればわかること。今となれば、すべてが裏で繋がっていたとしかおもえぬ。騙り坊主の後ろに、もっと大きな騙り坊主が控えていたのさ。もちろん、証し立てする術はないがな」

求馬は黙りこむしかなかった。

大僧正の隆光はまことに、大きな騙り坊主なのだろうか。

「もう一朱くれたら、とびきりのはなしをしてやろう」

猿婆は「ちっ」と舌打ちし、小粒を器用に弾いた。

小粒は岡崎の眉間に当たり、床に跳ねて土間に転がる。

その様子を淋しげに目で追い、岡崎はぼそりとこぼした。

「今朝も同じはなしをした。訪ねてきたのは、臼《うす》のようなからだつきの男だ。そやつにはみおぼえがあってな、名は知らぬが、伊達村和さまの供回りにおった。四年前、そやつに言われたことばを、瞬時におもいだしたのだ。『刀はお返しいたすゆえ、この場でお腹を召されよ。見事やり遂げたら、それがしも追腹をいたす。それで喧嘩両成敗、恨みっこ無しになる』とな。わしも侍の端くれ、そやつに言われたとおり、腹を切りたい衝動に駆られた。されど、できなんだ。勇気がなかったのだ。おかげで、今もこうして、屍《しかばね》のごとく生きながらえておる。たぶん、あやつはわしを斬る気で訪ねてきたのであろう。されど、斬る気にもならず、黙って踵を返した……くそっ、斬ってくれたほうが、どれだけありがたかったか知れぬ」

最後のほうは、ことばにならない。

岡崎は膝を折り、その場に泣きくずれた。

求馬には掛けることばもない。佐山の抱いたであろう虚しさが、わがことのように感じられた。

十

木戸を抜けると、猿婆が尋ねてくる。

「あやつは今宵、何処へ向かうとおもう」

「護持院か、伊達屋敷か」

ふたつにひとつであろう。

「どっちじゃ」

自分なら悪の根を断つべく、護持院へ向かう。

「よし」

と、猿婆は言いつつ、麻布市兵衛町から霊南坂へ戻るのではなく、飯倉片町《いいぐらかたまち》のほうへ向かう。

「おい、そっちではないぞ」

「こっちでよい。おぬしの逆を選んでおけば、まずまちがいなかろう」

「ちっ」

舌打ちしてやったが、強く抗う根拠もなかった。

しかも、猿婆が向かうのは、芝口《しばぐち》の上屋敷でも愛宕下大名小路の中屋敷でもなく、飯倉片町を南に抜けたさきの下屋敷にほかならない。

夕陽が沈みかけている。

麻布永坂《ながさか》、鳥居《とりい》坂、藪下《やぶした》、闇坂《くらやみざか》、一本松《いっぽんまつ》坂と、いくつもの坂道を通りすぎ、三つ股のどんつきまでやってきた。

海鼠塀《なまこべい》の端に、八千代《やちよ》稲荷の鳥居がみえる。

高い海鼠塀に沿って、南西から北東の二之橋まで緩やかに下っていくのが仙台坂であった。二万坪を超える広大な拝領屋敷は、仙台藩伊達家六十二万石の下屋敷にほかならない。

仙台坂に沿って、点々と白張提灯が立てられていた。

猿婆は当てずっぽうに足を向けたわけではない。今宵は菩提寺である高輪の東《とう》禅寺《ぜんじ》で法要があり、主立った伊達家の家臣や出入りの商人たちが東禅寺から下屋敷へ戻ってくるのだという。

勘定奉行の天野弾正と陸奥屋仁惣次も、坂の下から歩いてくるはずだった。

「手槍で狙うとすれば、坂の上からじゃ」

「なるほど」

「わしなら、八千代稲荷に潜んで好機を待つ」

猿婆の言うことはもっともで、突っ込みどころがない。

ふたりは朱の鳥居を潜り、ひんやりとした稲荷社の境内へ踏みこんだ。

手分けして狐の石像のまわりを経巡《へめぐ》り、それらしき気配はないかと探る。

半刻《はんとき》（一時間）ほど潜んでいると、辺り一帯は薄暗くなってきた。

「そろそろ、家来どもが戻ってくる頃合いじゃな」

次第に不安が募った。

「あやまったか」

猿婆は、ぼそっとつぶやく。

つぶやいたそばから土を蹴り、猛然と走りだした。

「何処へ行く」

聞くまでもあるまい。護持院であろう。

芝口橋、京橋、日本橋と、東海道を突っ切り、鎌倉河岸から神田橋御門前まで行かねばならない。

佐山に会えることを信じ、死ぬ気で駆けに駆けた。

山門にたどりつくまで、半刻も掛からなかったであろう。

求馬は膝に手をやり、息を整えねばならなかった。

猿婆は汗ひとつ掻かず、平然としている。

「静かじゃ」

脇道から裏手へまわり、壊れた塀の隙間から境内へ潜りこむ。

猿婆が睨みつけてきた。

「そう言えば、左手は使えるのか」

「どうにかな」

「ついでに調べてやったぞ。おぬしを襲った忍びの素姓じゃ」

「黒脛巾組の忍びなのか」

「ああ、束ねをやっておったらしい。名は折野久蔵《おりのきゅうぞう》、今は勘定奉行に飼いならされておるようじゃ。ふん、おおかた、金に転んだのであろうよ」

素姓がわかれば、恐ろしさは半減する。

だが、ふたたび刀を交えて、勝てる自信はない。

もちろん、寺領内にいるとはかぎらぬ。だが、折野が大僧正の防を命じられているとすれば、隆光と天野弾正の結びつきをしめす証しにはなろう。

猿婆は折野との勝負を期待しているようだった。

もちろん、みずから手を下す気はあるまい。

「案ずるな。骨はちゃんと拾ってやる」

くくと笑われ、求馬は渋い顔になる。

斬られた左腕の傷口が疼《うず》いてきた。

折野はいると、勘が囁いている。

それにしても静かだ。

静かすぎる。

と、つかのま、御堂のほうから読経が殷々《いんいん》と響いてきた。

「仏説摩訶般若波羅蜜多心経《ぶっせつまかはんにゃはらみたしんぎょう》、観自在菩薩《かんじざいぼさつ》、行深般若波羅蜜多時《ぎょうじんはんにゃはらみたじ》、照見五蘊皆空《しょうけんごうんかいくう》、度一切苦厄《どいっさいくやく》、舎利子《しゃりし》、色不異空《しきふいくう》、空不異色《くうふいしき》、色即是空《しきそくぜくう》、空即是色《くうそくぜしき》……」

般若心経であろうか。大きくはないが、腹にずしりと響く声音だ。

「隆光か」

まちがいあるまい。

「ん」

ふいに、正面の闇が蠢《うごめ》いた。

後ろの猿婆が、すっと離れる。

群雲に隠れた満月が、唐突に顔を出した。

「性懲《しょうこ》りも無く、斬られにきたか」

待っていたのは、折野久蔵である。

黒い筒袖《つつそで》に身を包んでいるが、面相は晒していた。

頬の痩《こ》けた蟷螂《かまきり》のような顔だ。

切れ長の眼差しに感情はない。

問うまでもないが、問うてみた。

「今永寛重郎を斬ったのは、おぬしか」

「ああ、口封じだ。おぬしもすぐに逝かせてやる」

「そうはさせぬ」

「ふん、未熟者め。おぬしの太刀筋なぞ、見切っておるわ」

過信と負けは表裏一体と教えてくれたのは、剣の師である慈雲禅師だ。

対峙する相手がいかなる強敵であろうとも、心持ちひとつで目に映る景色は変わる。

慈雲禅師には、そうも教わった。

眸子を瞑《つむ》り、みえた景色に身を任すがよい。

生死の間境に立ち、和歌のひとつも唱えてみよ。
求馬は腰を落とし、法成寺国光を抜きはなつ。
そして、右八相に刀身を持ちあげた。
肘を大きく張り、鍔《つば》はこめかみまで高く据える。
鹿島新當流、引《いん》の構えであった。
足は八の字の撞木《しゅもく》に開き、腰の位置は極端に低い。
無骨で泥臭い構えだが、付け入る隙は容易に見出せぬ。
折野は慎重になった。
安易に攻めず、こちらの弱点を探り、動揺を誘う。
それが忍びというものだ。
「槍投げの木偶の坊は死んだぞ。ふふ、わしが斬った。助けられず、残念だったな」
いいや、佐山は生きている。
求馬はみずからに言い聞かせ、静かに眸子を瞑った。
みえた景色は枯山水《かれさんすい》、命の絶えた冬ざれの庭である。
遠くの山脈には、黄金の雲が掛かっていた。

横雲か。

黒書院で観た障壁画にも似ている。

唐突に、藤原定家の和歌が浮かんできた。

――春の夜の夢の浮き橋とだえして　峯にわかるる横雲の空

室井作兵衛は上屋敷の書院で、幽玄の意味を説いてくれた。

夢と現《うつつ》を行き来する足の動きは、能《のう》の所作をまねてみればよい。

序《じょ》破《は》急《きゅう》の序は、はじめに右、つぎに左とゆっくり足を運び、破で角に方向を定めて滑るように前進する。急で角に達する最後の二歩をさらに速め、右足で止まり、左足を後ろからすっと右足に添える。そして、静止の高まりから急転直下、瀑《ばく》布《ふ》のごとく乱舞してみせるのだ。

求馬は身についた動きを反芻《はんすう》し、豁然《かつぜん》と眸子を開いた。

もはや、正面に敵のすがたはない。

殺気を帯びた影だけが近づいてくる。

――びゅん、びゅん。

棒手裏剣が投じられた。

これを左右に難なく弾くや、今度は目潰しの粉が飛んでくる。

眸子をじっと瞑り、息を詰めた。
引の構えから、ゆったりと脇構えに変化する。
鼻先に殺気が迫った。
刹那《せつな》、国光が牙を剝く。
――ずんっ。
肉を斬った。
秘技横雲とは、脇構えからの胴斬りにほかならない。
「ぬおっ」
動揺した相手は、相討ち覚悟で身を寄せてくる。
求馬も離れず、滑るように近づいた。
序破急の破、動きは速い。
右足でふいに止まり、左足を添えた。
力感もなく、すっと腕を振りおろす。
これが梨割《なしわり》の一刀となった。
「ぬげっ」
断末魔《だんまつま》の叫びは短く、気づいてみれば、足許に忍びの屍骸が転がっている。

「……やった」

眼前には、枯山水が広がっていた。

万物の命の絶えた冬ざれの庭に、求馬は諸法無我《しょほうむが》の境地で佇んでいる。

突如として、読経が耳に甦《よみがえ》ってきた。

死に急ぐ蟬《せみ》の鳴き声にも似ている。

「まいるぞ」

猿婆に背中を押され、求馬はようやく国光を納刀した。

十一

般若心経に導かれ、護摩堂へ一歩踏みこんだ。

炎の立ちのぼる須弥壇の手前に、隆光入道が座っている。

求馬は能の所作で床を滑り、須弥壇へ近づいていった。

ふっと、読経が止んだ。

隆光が立ちあがり、大数珠を鳴らす。

振り向くと同時に、赤い口を開いた。

「喝っ」

伽藍の周囲が、一斉に明るくなった。

松明《たいまつ》を手にした僧たちが四方を囲んでいる。
二、三十はいようか。
なかには、薙刀《なぎなた》を手にした者も見受けられた。

僧兵なのだ。

「この者らは御仏に命を捧げておる。わしに抗う者は、何人《なにびと》なりとも容赦せぬぞ」

求馬は身を沈め、国光の柄に手を添える。

「抜くのか。抜けば、おぬしもあやつの二の舞いになろう」

かんと、龕灯《がんどう》が点灯された。

照射された光のさきに、天井から吊るされた人影が映しだされる。

「あっ」

求馬は、ことばを失った。

太い梁《はり》から吊るされているのは、佐山大五郎にほかならない。

「わしの命を狙った不届き者じゃ。命じた者の正体を知らねばならぬゆえ、すぐには逝かせずにおいた。僧どもが苛烈《かれつ》に責めたが、いっこうに口を割らぬ。それゆえ、少し待ってみることにしたのじゃ。すると、おぬしが網に掛かった。黒脛巾組の束ねを斬ってみせるほどの手練ならば、飼い主もよほどの大物にちがいない。申してみよ、おぬしは誰の命でここにまいった」

「誰の命も受けておりませぬ」

「ふほっ、おぬしもか。吊るされた木偶の坊と同じことを申す。されば、何故、わしの命を狙う」

「道林なる騙り坊主のこともしかり、供先割りのこともしかり。遡《さかのぼ》ってみればあらゆる謀事が護持院と結びつき、汚れた金の流れつくさきも護持院にほかなりませぬ」

「ふはは、謀事がなければ世の中のことはまわらぬ。政とはそういうものじゃ。されど、政を担うのは、わしではない。わしは須弥壇の前に座し、この国の行く末を祈念するだけじゃ。善人のもたらす金も、悪人のもたらす金も、すべての金がこの寺に集まってくる。集まった金は御仏の名のもとに浄化され、衆生のもとへ戻される。功徳に善悪はないのじゃ。善人にできることは、ただ、信心を重ねるのみ。ふふ、さような道理もわからずに、わしの面前へあらわれるでないぞ」

喝っと言いかけ、隆光は天井を見上げた。

佐山を吊るしていたはずの荒縄が、根元でぷっつり切られている。

龕灯の光が暴れまわり、伽藍の隅を照らしだした。

猿婆が立っている。

背には佐山を負ぶっていた。

まるで、小石が巌《いわお》を負ぶっているかのようだ。

「くそっ、みつかったわい」

猿婆は口惜しがる。

求馬が向かおうとすると、僧兵たちが立ちふさがった。

一部の者たちは出口をふさぎ、佐山を背負った猿婆を取り囲む。

「くふふ、逃げられるはずがあるまい」

隆光が嘲笑った。

と、そこへ、僧のひとりが進みでてくる。

「大僧正さま、御目付の使者が目通りを願っております」

「何だと」

「寺領に迷い込んだ浪人者を引き渡してほしいそうです。何でもその者には、辻斬りの疑いが掛けられておるとか」

「ふん、とんだ邪魔がはいったものよ」

「返答次第では寺領内に立ち入らざるを得ぬが、事を荒立てたくないとも申しております。いかがいたしましょう」

「目通りはせぬ。好きにいたせばよい」

隆光は憮然《ぶぜん》とした顔で吐きすて、伽藍から出ていった。

入れちがいに目付の使者があらわれ、猿婆に背負われた佐山を目敏《めざと》くみつけだす。

「おぬしら、神妙にいたせ」

求馬たちは使者にしたがい、伽藍から外へ出た。

煌々と照らす月のもと、僧兵たちに左右を固められ、山門まで連れてこられる。

寺領外へ放たれた途端、背後の山門が閉められた。

捕り方装束の者たちが、ずらりと門前に並んでいる。

まんなかに立つ陣笠の人物は、目付の多門伝八郎であった。

予想していたとはいえ、陣笠をかぶった目付が須弥壇の御本尊にみえる。

求馬は深々と頭をさげた。

「多門さま、かたじけのう存じます」

「おぬしに礼を言われる筋合いはない。今宵の出役《でやく》は御老中の直命ゆえな」

「御老中」

誰あろう、秋元但馬守の手配りだという。

室井作兵衛が助けてくれたのだろう。

「危ういところであったな」

多門は猿婆の背中に目をやった。

「そやつ、死におったか」

「えっ」

「死ねばほとけ。縄を打つこともあるまい」

多門はそう言い、ふっと笑みを浮かべる。

「約定は守ったぞ」

毅然《きぜん》と言いはなち、こちらに背を向けた。

大勢の捕り方を率いて、山門から遠ざかっていく。

求馬は最後のひとりが辻向こうに消えるまで、頭《こうべ》を垂れつづけた。

「ぬごっ」

突如、佐山が息を吹き返す。

「こやつめ、死んでおらなんだか」

猿婆が手を放すと、佐山は背中からずり落ちた。

地べたに尻を突くや、ぶぼっと放屁《ほうひ》してみせる。

途轍もなく臭い屁を嗅ぎ、猿婆ですらも失神しかけた。

十二

翌日は毒味御用から外された。

皆藤左近の指図で炭置部屋の床に丸莫座《ござ》を敷き、朝から晩まで小豆を箸で摘まんでは大笊《おおざる》に移している。

小豆移しは、鬼役になる以前に課された毒味の修行であった。

「何故、今さら……」

かようなことをせねばならぬ。

出るのは溜息ばかりだ。

夜になり、廊下から人の気配が消えた。

音も無く戸が開き、何者かが忍びこんでくる。

求馬は箸を措き、脇差を摑むべく身構えた。

「ふふ、消されるとでもおもうたか」

声の主は公人朝夕人、伝右衛門である。

「是非の初心忘るべからず。能の足運びは上手にできても、世阿弥《ぜあみ》のことばは失念しておったようだな」

「何が言いたい」

「分《ぶん》をわきまえよということさ。御役御免にならずに済んだのは、皆藤さまのお心遣いぞ。小豆移し程度で許していただけるようなら、御の字ではないか」

「わしが何をした」

「わからぬのか。おぬしは一介の鬼役、上から密命を頂戴しないかぎり、裏のお役目に就くことはできぬ」

「丸眼鏡の御重臣がお怒りなのか」

「ああ、橘さまはお怒りだ。鬼役が隆光大僧正と直にまみえることなど、もってのほかと仰せでな」

「隆光は巨悪の根源。身分が低かろうが、刃を向けねばならぬ相手ぞ。さようなこともわからず、よくぞ御用之間に控えておられるものよ」

「そっくりそのまま、橘さまにお伝えしようか。さすればこののち、わしが炭置部屋へ忍んでくる手間も省けよう」

伝右衛門は殺気を帯び、上から睨みつけてくる。

求馬は肩の力を抜いた。

「たしかに、ちと熱くなりすぎておったかもしれぬ」

「室井さまも、そう仰せだ。大僧正は腫《は》れ物ゆえ、今は触れずにおいたほうがよい。いずれ機会が来れば、対峙するのも吝《やぶさ》かでないとも仰った」

「ふん、悠長なはなしよ」

「それに、こたびの件で裁くのは、いささか短慮と言うべきかもしれぬ。供先割りにしたところで、大僧正が絵を描いた確たる証しはないのだからな」

「絵を描いておらぬにせよ、甘い汁を吸っておるのは確かだ」

「悪銭も銭のうち。寺に集められれば、ことごとく浄化される。そんなふうに説かれたのであろう。おぬしは仏の名を借りた騙りと断じたいようだが、それなりのお力をお持ちのお方だ。そうでなければ、あの地位まではたどりつけぬ。おそらく、大僧正に抗うのは、上様に抗うのと同じ。護摩堂で刀を抜いておったら、おぬしは今ここに座っておらなんだであろうよ」

ぎろっと、求馬は目を剝いた。

「おぬし、引導を渡しに来たのか」

「命に逆らう鬼役には、消えてもらうしかない」

求馬は脇差に手を伸ばす。だが、白刃を抜くことはなかった。

室井が言うように、巨悪の動かしがたい証しを摑んだうえで、隆光には引導を渡すべきかもしれぬ。そう、おもいなおしたのだ。

伝右衛門も殺気を解いた。

「わかればよい。されど、こんどはおぬしが、厄介な従者を説得せねばならぬ番だ」

たしかに、難しい役目だ。佐山の快復を待って、諄々《じゅんじゅん》と説かねばならぬ。

隆光のことはあきらめよと諭され、はたして、頑固な佐山が納得するかどうか。

「誠心誠意、説かねばなるまい。あの男を手放したくなければな」

求馬は首を捻らざるを得ない。

どうして、勝手に消えた猪侍《いのししざむらい》を配下に置いておきたいのか。

自分でもよくわからなかった。ただ、室井が推挙しただけのことはあり、これだけは外せぬというものを携えているからかもしれぬ。

それは忠心であった。

命を懸けたこたびの行動も元をたどれば、伊達村和公への忠心から生起《せいき》したのではなかろうか。

佐山の資質を、志乃や猿婆も見抜いている。

佐山大五郎は、矢背家に必要な男なのだ。

「おぬしに密命を携えてまいった」

あらためて、伝右衛門は襟を正す。

「伊達家勘定奉行、天野弾正を成敗せよ」

「えっ、まことか」

おもわず、求馬は眸子《まなこ》を輝かせる。

伝右衛門は薄く笑った。

「密命があったほうが、やり易《やす》かろう」

陸奥屋仁惣次については、すでに、伝右衛門のほうでも抜け荷の証しを摑んでいるという。

「ただし、御用達の悪事がおおやけになれば、伊達藩六十二万石に傷がつこう。

それゆえ、こちらは藩のしかるべき筋へ内々に通達することといたす」

幕府から内々に通達されれば、陸奥屋はすぐに捕縛されよう。陸奥屋と関わった役人たちも仙台藩の藩法で裁かれる。おそらく、厳しい処分が下されるにちがいない。

「そうなれば、おぬしらで天野弾正を裁く機会を逸することになる。それが嫌なら、急ぐことだ」

「通達まで、どれほどの猶予がある」

「あと二日。明後日の日没までしか待てぬ」

「承知した」

求馬はうなずき、尻を持ちあげようとする。

「待て。箸を置いてよいとは、ひとことも言うておらぬぞ」

「おいおい、朝までやらせる気か」

「皆藤さまは、それを望んでおられる。大笊が満杯になったら、つぎの大笊を持ってきてやってもよいぞ」

くふと、伝右衛門はさも可笑《おか》しげに笑う。

やはり、斬ってやろうかと、求馬はおもった。

十三

二日後、夕刻。

佐山大五郎は覚醒した。

からだじゅうに傷を負っていたものの、驚くほどの快復力をみせ、起きた途端に飯櫃《めしびつ》を空にしてみせた。

橘主水の密命を伝えると、狐につままれたような顔をしたが、事の経緯を詳しく告げてやると、ようやく理解できたようだった。

「おのれ、弾正」

口惜しげに唸りあげたが、もちろん、納得はしていない。

予想していたとおり、隆光を生かす判断はまちがっていると憤慨した。

しかも、密命のあるなしにかかわらず、奸臣の天野弾正は成敗するつもりだとうそぶいた。

生意気な口をきいた途端、志乃に頰を平手打ちにされた。

鼻血が飛ぶほどの強さだったので、本人も驚いたにちがいない。

「猿婆に負ぶわれた恩も忘れ、勝手なことをほざくな。四の五の言わず、さっさと始末をつけてこい」

と叱責され、御納戸町の家から送りだされたのである。

やってきたのは麻布の仙台坂、坂上にある八千代稲荷の境内であった。

猿婆もお目付役として従いてきた。しかも、手には笹穂の槍を提げている。

志乃に預けられた矢背家伝来の名槍、備前太夫則宗《びぜんだゆうのりむね》であった。

「日没前に天野弾正は坂道を上ってこよう。何せ、わしが呼びつけたのじゃからな」

佐山は目を丸くした。

「どうやって呼びつけたのだ」

「ふん、抜け荷の件について、伊達家の御目付から内々でご詮議があると告げたのよ。参らぬわけにはゆくまい」

「たしかに」

「木偶の坊よ、ひとつ賭けをせぬか。この槍を投じて、的に当てられるかどうか」

「当てられるに決まっておろう」

「外したら、どうする」

「好き勝手にするがいい。ただし、的に当てたら、こちらの好きにするぞ」

「よし、決まりじゃ」

主人の求馬を尻目に、ふたりで盛りあがっている。

それでも、いっこうに腹は立たなかった。

――ごおん。

暮れ六つを報せる鐘音が鳴っている。

すでに、三人は鳥居の外に出て、坂道の頂点に立っている。

背後に杏《あんず》色の夕陽が沈む寸前、周囲は一瞬にして燃えあがった。

遠くを透かしみれば、長い坂道の下方から、駕籠の一行が上ってくる。

佐山が仁王立ちのまま、坂下を睨みつけた。

「猿婆、あれか」

「たぶんな」

「駕籠で来るとは聞いておらぬぞ」

「臆したか。止めてもよいのだぞ」

はたして、駕籠に乗る的に槍を当てられるのか。

できるはずがないと、求馬はおもった。

やっても詮無いことに挑むのは、ただの無謀でしかなかろう。

ところが、佐山は猿婆の持つ槍を引ったくった。

「えっ、やるのか」

求馬が驚いてみせると、佐山は不敵な笑みを浮かべる。

「ふふ、腕が鳴り申す」

槍を投じるとしても、地面すれすれの軌道から、駕籠の正面を狙うしかあるまい。

佐山は道のまんなかに踏みだし、ぐるんぐるんと右腕をまわす。

五分月代で無精髭が伸びており、荒ぶる野武士にしかみえない。

「されば、投げ申す」

ひとこと発するや、大股で五歩後退した。

右手に持ち替えた槍を肩に担ぎ、右耳の脇に掲げる。

小刻みに助走しつつ、ぐんと胸を反らした。

肩が外れんほどに、右腕を後ろに引く。

柄の石突《いしづき》がさがり、地べたに触れた。

「ぬえぃ……っ」
気合一声、丸太のような右腕をぶん回す。
――ひゅっ。
槍は地面すれすれではなく、頭上の空に向かっていった。
茜空《あかねそら》をも裂かんとするかのごとく、ぐんぐん翔《か》けあがっていく。
しかも、佐山は土を蹴り、猛然と仙台坂を駆けおりていった。
求馬と猿婆も我に返り、急いであとを追いはじめる。
「ぬわああ」
佐山は駆けながら、大声を張りあげた。
異変に気づき、駕籠の一行は歩みを止める。
血相を変えた供侍がふたり、前面へ飛びだしてきた。
陸尺たちは恐れをなし、駕籠を降ろして逃げだす。
供侍たちは抜刀し、坂道を駆けのぼってきた。
「退《ど》けぃ……っ」
佐山は巌のかたまりとなり、道のまんなかを突進する。
そして、供侍ふたりを体当たりで左右に弾きとばした。

求馬と猿婆は追いかけながら、信じられない光景をみていた。

茜空に大きな弧を描いた笹穂の槍が頭上を越え、遥かな高みから真っ逆さまに落ちてきたのだ。

佐山が駕籠に到達するのと、ほぼ同時だったにちがいない。

——どん。

逆落としに落ちた槍が、駕籠の屋根を突きやぶった。

まるで、鼻先に稲妻が落ちたかのようだった。

屋根は粉々に壊れ、塵芥《じんかい》が立ちのぼっている。

佐山は肩で息をしながら、駕籠に近づいていった。

求馬と猿婆も追いつき、墓標のように突きたった槍のほうへ身を寄せていく。

後ろから恐る恐る覗いてみると、天野弾正は串刺しの状態で絶命していた。

佐山は無言で槍を引き抜き、こちらに顔を向ける。

興奮の面持ちで何か訴えようとして、唇をぎゅっと嚙みしめた。

辛酸《しんさん》を嘗めさせられた四年の歳月をおもい、感極まってしまったのだろうか。

唇を震わせ、滂沱《ぼうだ》と涙を流しはじめる。

「……や、やりました……か、奸臣を仕留めました」

今も陸奥国の僻邑に幽閉されている村和公に向けてのことばであろうか。

不器用な元馬廻り役は、哀れな主人への忠誠を今も捨てられずにいるのだ。

それをおもうと、求馬もぐっときてしまう。

猿婆だけは冷静だった。

「おぬしは賭けに勝った。約定どおり、好きにしてよいぞ」

佐山は垢じみた袂で涙を拭う。

「好きにしてよいなら、この名槍を貰いたい」

「ほう、槍を所望するか。されど、その槍を手にしたら、死ぬまで矢背家からは離れられぬぞ。それでもよいのか」

「ふふ、わしなぞがおれば迷惑であろう。槍が欲しいと言ったのは戯れ言だ。わしは出ていく。もはや、この世に望むものも、そうはないからな」

「出ていきたければ、そうすればよいと、志乃さまは仰った。されど、一発で的に当てたら、備前太夫則宗はくれてやれとも仰った。それゆえ、残ろうが出ていこうが、その槍はおぬしのものじゃ」

「えっ」

「おぬしが何処かで野垂れ死にいたせば、それが手向けの槍になろう。墓標にするにはちと長すぎるが、まあ、よかろうと、志乃さまは笑われたぞ」

驚いた。志乃は佐山が的に当てるのを信じて疑わず、猿婆に先祖伝来の名槍を託したのだ。

志乃の心遣いを意気に感じぬようなら、もはや、武士ではなかろう。

佐山はその場に膝をつき、槍を脇に置くと、がばっと両手をついた。

「数々の非礼、御無礼、平にご容赦願いたく存じまする。不肖佐山大五郎、これからも御家でお世話になり申す」

求馬は嬉しくなり、手を叩きたくなった。

後ろの御門が、何やら騒がしくなっている。

伊達家の連中が、ようやく異変に気づいたらしい。

「そろりと退散するか」

猿婆に促され、佐山は立ちあがった。

壊れた駕籠と奸臣の屍骸を残し、三人は悠然と坂道を下りていく。

新堀川《しんぼりがわ》に架かる二之橋を渡ってからは、一目散に駆けだした。

もちろん、伊達家の連中が追いつくことはできまい。

薄闇を駆けぬける三人は、疾風と化していた。

十四

正月二十日を過ぎると、豊穣《ほうじょう》を祈念する削掛《けずりか》けが軒下から外される。天災つづきの檜《ひのき》や竹を茅花《つばな》のかたちに削って吊るす削掛けのご利益《りやく》は、天災つづきの今年今年も得られそうにない。

志乃は猿婆をともなって芝居町におもむき、仇討ちの曾我物《そがもの》を演じる市川團《いちかわだん》十郎《じゅうろう》に大向こうから掛け声を送った。そうかとおもえば、今日になって川崎《かわさき》大師へ厄払いにいくと言いだし、朝未《まだ》きから猿婆ともども旅立っていった。

なるほど、二十一日は川崎大師で年初めの厄除け大法要がある。ことに、本厄である齢十九と三十三の女たちは挙《こぞ》って集まるため、川崎周辺は若い女たちで溢れかえるとも言われていた。

志乃と猿婆は道中、蒲田《かまた》辺りで早咲きの梅を堪能し、六郷川《ろくごうがわ》の渡しを渡って平間寺《へいけんじ》のそばで名物の茶漬けを食べるなどしながら、往返六里（約二四キロ）余りの短い旅を楽しんでくるにちがいない。

「ゆっくりしてくればよい」

と、ふたりを送りだし、求馬は非番だったので、ふらりと散策に出た。

佐山は釣り竿を担ぎ、いそいそと溜池の穴場へ釣りに出掛けている。もちろん、生類憐みの令で釣りは禁じられているため、役人にみつかれば厳罰は免れない。それでも、頭の堅い役人どもの目をかいくぐり、釣り場へおもむく者は跡を絶たないという。衆生の楽しみを法で禁じるのは、やはり、無理があるのだろう。

正真正銘の悪徳商人だった陸奥屋仁惣次は、伊達家の裁定によって斬首となった。調べてみると、藩内で抜け荷の恩恵を受けていた役人はかなりいたらしく、ことごとく断罪される運びとなった。

陸奥屋から大口の献金を受けていた隆光だけは、誰からも裁かれることはない。求馬は散策のついでに千代田城の外周を経巡り、神田橋御門前まで足を向けたが、護持院の山門を潜ることはなかった。

「この借りは、いずれきっと返す」

拳を握って胸に誓い、踵を返したのである。

御納戸町の家に戻ってみると、佐山がにこにこしながら近づいてきた。

「釣果《ちょうか》にござる」

自慢げに胸を張り、大きな野鯉《のごい》の鰓を摑んで掲げてみせた。

「今から、こやつをさばいてもらいましょう」

そう言って門の外へ繰りだし、さきに立ってすたすた歩きはじめる。

行く先は築地の南小田原町《みなみおだわらちょう》、堀川を挟んで御門跡の杜《やしろ》がみえた。

少し歩けば、明石町の寒さ橋も近い。

求馬は何も知らされておらず、何処を訪ねるのかもわかっていない。

佐山は河岸の一隅で足を止め、煮売り酒屋の縄暖簾を手で振り分けた。

見世は朝方から、けっこう賑わっている。

客は早朝のひと仕事を終えた河岸人足たちだ。

もちろん、月代侍のすがたは見受けられない。

「おうい、お連れしたぞ」

大声を張りあげると、胡麻塩頭の親爺《おやじ》が板場から会釈をする。

板場の奥から、見慣れた顔のおなごが小走りにやってきた。

「あっ、おたきではないか」

半囲いの妾だったおたきが襷《たすき》掛け姿になり、煮売り酒屋を手伝っているのだ。

聞けば、廓《くるわ》で仕出しをやっていた関わりで、親爺とは知らぬ仲ではないらしい。

みずから伝手《つて》をたどり、寄る辺《よるべ》となる落ちつき先をみつけたのである。

おたきが通いはじめてから、見世は繁盛しすぎて困っているという。

「親爺、この鯉をさばいてくれ」

「はいよ」

親爺は見事な庖丁さばきで、鯉の洗いをつくってくれた。

薄く切った刺身を大きな平皿に牡丹《ぼたん》のごとく並べ、箸で掬《すく》った花弁《はなびら》を酢醤油でぺろりと食うのである。

おたきは銚釐《ちろり》に燗酒《かんざけ》をつくり、ふたつのぐい呑みに注いでくれた。

「殿、あらためて主従の誓いを」

「よし」

佐山とぐい呑みをあげ、おたきの盃にも同じ酒を注いでやる。

おたきは白い喉を波打たせ、盃を一気に干した。

「ふう、美味しゅうございます」

妖艶なすがたに、佐山はだらしなく見惚《みと》れている。

「あらまあ、おなごに惚れやすいのが玉に疵《きず》」

おたきは軽口を叩き、梅のあしらわれた着物の袂をひるがえすや、板場の奥へと引っこんでしまう。

逞《たくま》しいなと、求馬はおもった。

廓で苦労したおたきには、ひとりで生きぬく逞しさがある。

「殿、ささ、もう一献」

佐山の注ぐ酒は安酒だが、下り物の諸白《もろはく》よりも遥かに美味いと感じた。

もちろん、勘違いなのであろうが、おもしろいように酒がすすむ。

「三日にあげず、通う見世ができました」

佐山は楽しげに言い、おたきのほうへ目をやった。

よかろう、好きにすればよい。

ただし、二度とわしのまえから、すがたをくらますでないぞ。

求馬は胸の裡で諭しながら、あらためて矢背家に仕える身となった従者に安酒を注いでやった。

光文社文庫

文庫書下ろし／長編時代小説
従《じゆう》　者《しや》　鬼役伝《おにやくでん》（四）
著　者　坂《さか》　岡《おか》　真《しん》

2022年12月20日　初版1刷発行

発行者　三　宅　貴　久
印　刷　新　藤　慶　昌　堂
製　本　ナショナル製本

発行所　株式会社　光　文　社
〒112-8011　東京都文京区音羽1-16-6
電話　(03)5395-8149　編　集　部
8116　書籍販売部
8125　業　務　部

ISBN978-4-334-79463-7　Printed in Japan

組版　萩原印刷

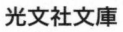

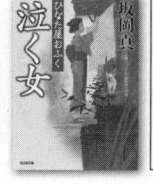